三袁诗文选译

修订版

译注 任巧珍
审阅 董治安

古代文史名著选译丛书

主编 章培恒 安平秋 马樟根

凤凰出版传媒集团 凤凰出版社

图书在版编目（ＣＩＰ）数据

三袁诗文选译／任巧珍译注．－－南京：凤凰出版社，2011.5
（古代文史名著选译丛书）
ISBN 978-7-5506-0319-6

Ⅰ．①三… Ⅱ．①任… Ⅲ．①古典诗歌－诗集－中国－明代②古典散文－散文集－中国－明代 Ⅳ．①I214.82

中国版本图书馆CIP数据核字(2011)第042384号

书　　名	三袁诗文选译
译 注 者	任巧珍
责任编辑	郭馨馨
出版发行	凤凰出版传媒集团
	凤凰出版社(原江苏古籍出版社)
	南京市中央路165号　邮编 210009
	发行部电话 025-83223462
集团网址	凤凰出版传媒网　http://www.ppm.cn
照　　排	江苏凤凰制版有限公司
印　　刷	江苏凤凰通达印刷有限公司
	南京市六合区冶山镇　邮编 211523
开　　本	960×1304毫米　1/32
印　　张	8.25
字　　数	134千字
版　　次	2011年5月第1版　2011年5月第1次印刷
标准书号	ISBN 978-7-5506-0319-6
定　　价	17.00元

（本书凡印装错误可向承印厂调换，电话：025-57572508）

《古代文史名著选译丛书》编委会

顾 问

周 林　　邓广铭　　白寿彝

主 编

章培恒　　安平秋　　马樟根

编 委

（均按姓氏笔划多少排列）

马樟根　平慧善　安平秋　刘烈茂　许嘉璐

李国祥　金开诚　周勋初　宗福邦　段文桂

董治安　倪其心　黄永年　章培恒　曾枣庄

（以上为常务编委）

王达津　吕绍纲　刘仁清　刘乾先　李运益

杨金鼎　曹亦冰　常绍温　裴汝诚

（以上为编委）

《古代文史名著选译丛书》修订版
出版说明

呈献在读者面前的这套《古代文史名著选译丛书》是 2011 年的修订版。全书共 134 册,包括了中国从先秦至清末两三千年间的著名典籍。每部典籍都选其精粹(《论语》《老子》则全文收录),收录原文,加以简明的注释,力求准确地译为现代汉语,并于每一篇之前写有对该文的提示性说明。这是近一个世纪以来,规模最大、收录种类相对齐全、译注质量较高的一套普及传统文化的今译丛书。

这套丛书,原在 1992 年—1994 年由巴蜀书社分三批出齐,印行过万套;不久,又由台湾的出版机构买去海外版权在台湾及海外发行,可见这套丛书当年在两岸受欢迎的程度。时隔 17 年,丛书编委会决定重新修订，改由江苏凤凰出版集团所属的凤凰出版社出版。

　　这套丛书是由教育部属下的全国高等院校古籍整理研究工作委员会（简称古委会）于1985年策划的。古委会组织了全国18所大学的古籍整理研究所的所长任编委会编委，由我们三人任主编，在全国范围内选请学有专长的学者承担各书的译注。从1986年—1992年，历时7年完成。当时，编委会制订了严明、可行的体例和细则，译注者按要求完成书稿。每部书稿完成后，都在全国范围内请编委会之外的专门研究这一学术领域的两位专家初审，合格后再请两位编委参照初审意见审改，然后退还原译注者改正。待原译注者改正后，再由编委会集中常务编委和部分编委、相关专家在一地将每部书稿从头至尾审改。这样的集中审稿会一般都在8—15天，7年中开了12次审改会。审改后，三位主编再集中在一起逐一审定，交付出版社。这一工作程序，使得这套丛书的译注质量有了一定的提高。所以，这套丛书，在一定程度上是个人与多人合作的结果。关于这套丛书的编纂始末，我们曾在1992年4月全书交稿后写有一篇文章，这次附在修订版书末，便于读者了解。

这次修订,是交由原译注者自己修改。少数译注者已去世,则书稿一仍其旧。个别译注者已联系不上,也保持原貌。

1992年—1994年出版时,书前有当时古委会主任周林先生写的序。周林先生是这一丛书的发起者。他已于1997年6月去世,至今已14年了。为了尊重历史,也为了纪念他,修订版仍用他的序。

我们三人在1985年—1992年主持这套丛书工作时,年龄大的是从51岁到58岁之间,年龄小的是从44岁到51岁之间,那时尚有精力组织、参与这一工作,今天我们都已年逾古稀。全书修订版出版之际,心情似乎比当年更惴惴不安地期待着读者的评头品足,期待着不要对读者贻误太多。

回想这套丛书,真应该感谢我们的祖先为我们留下了这样深厚、丰富的思想、文化遗产,使我们今天仍然受用无穷。应该感谢这套丛书的全体译注者、审阅者、编委和当年的出版者巴蜀书社、今天的出版者凤凰出版社,是他们的学识、辛勤与真诚使得这套丛书得以面世。

章培恒　马樟根　安平秋
2011年3月15日

序

　　《古代文史名著选译丛书》与广大读者见面了。这是丛书编委会的同志与众多专家学者通力协作、辛勤耕耘的结果。

　　中华民族在五千年漫长的岁月里，创造了光辉灿烂的文化，给人类留下了丰富的精神财富。"观今宜鉴古，无古不成今"。今天，以马克思主义的科学理论为指导，整理研究我国古代文化典籍，做到汲取精华，剔除糟粕，古为今用，推陈出新，使人们在正确认识民族历史的同时，得到爱国主义的教育，陶冶道德情操，提高全民族的文化素质，促进社会主义文化的繁荣，使文明古国的历史遗产得以发扬光大，这是我们每个炎黄子孙的责任。而要做到这样，对古籍进行整理与研究是重要的基础工程。但是，整理与研究古籍仅作标点、校勘、注释、辑佚还不够，还要有今译，使老年人、中年人、青年人都愿意去读，都能读懂，以便从中得到教益。

基于以上认识，全国高等院校古籍整理研究工作委员会于1986年5月组成了以章培恒、安平秋、马樟根三位同志为主编的《古代文史名著选译丛书》编委会，确定了以全国十八所大学的古籍整理研究所为主力承担这一看似轻易、实则艰巨的今译任务。在第一次编委会议上，拟定了《凡例》、《编写与审稿要求》、《文稿书写格式》和一百余种书目。以每一种书为十万至十五万字计算，这套丛书大约有一千余万字，应该说是一项大工程。经过一年的努力，完成了第一批三十六部书稿的译注任务。在各研究所的专家与所长把关的基础上，于1987年5月和7月，先后在复旦大学、北京大学召开了部分编委参加的审稿会，通过了二十五部书稿，作为《古代文史名著选译丛书》与广大读者见面的第一批作品。与此同时，在1987年7月6日，邀请了在京的十几位专家教授与编委会十几位编委一起座谈这套丛书与古籍今译的问题。专家们肯定了今译工作的必要性与深远意义,并以他们数十年的教学科研和创作的经验,说明今译是一项难度很大的工作,是培养人才,使之打下坚实基本功的一种有效方法;专家们还对《古代文史名著选译丛书》提出了宝贵的建议,这对当时的审稿工作和保证《丛书》的质量起了很好的作用。

实践证明,古籍的今注不易,今译更难。没有对作品的深入、透彻的研究,没有准确、通俗、生动的语言表达能力,要想做好今译是不可能的。两年多来,全国高等院校古籍整理研究工作委员会在探索古籍的今注、今译的道路上,做了一些工作。这部丛书的出版,是系统今译的开始,说明古籍整理研究工作有了新的进展。更可喜的是,一批中青年学者参加了今注今译工作,为古籍整理增添了新生力量,相信他们会在实践中,在学习中,成长成熟。我希望,这套丛书的编委会和高校各古籍整理研究所要敞开大门,加强同国内外专家学者的联系,征求他们和广大读者的意见,并向有真才实学而又适宜做今译工作的专家学者约稿,以提高古籍译注的水平,使《古代文史名著选译丛书》的第二批、第三批作品的质量更上一层楼。

这是一套以文史为主的大型的古籍名著今译丛书。考虑到普及的需要,考虑到读者对象,就每一种名著而言,除个别是全译外,绝大多数是选译,即对从该名著中精选出来的部分予以译注,译文力求准确、通畅,为广大读者打通文字关,以求能读懂报纸的人都能读懂它。我希望这套丛书能成为中小学教师的语文、历史教学的参考书,成为大专院校学生的课外读物,成为广大文史爱好者的良师益友。由于系统的古籍今译工作还刚刚起步,这套丛书定会有不少缺点、错误,也诚恳地希望读者批评指正。

巴蜀书社要我为这套丛书写序,我欣然接受了。我相信这套丛书不仅会使八十年代的人们受益,还将使子孙后代受益,它将对祖国的繁荣昌盛起到点滴的作用。最后借此机会向曾给予我们支持、帮助的专家学者和巴蜀书社的同志表示衷心的感谢!并殷切地希望台湾同胞、港澳同胞、海外侨胞和我们一同做好祖先留给我们的文化遗产的整理工作,为中华民族灿烂的文化再放异彩而努力!

周　林

1987年10月于北京

目　录

前言 ··· 001
袁宗道
　上方山一 ··· 001
　嘉鱼纪游 ··· 004
　龙湖 ·· 007
　论文上 ·· 010
　论文下 ·· 018
　士先器识而后文艺 ··························· 024
　过黄河 ·· 034
　咏怀 ·· 038
　携尊江上（二首）····························· 042
袁宏道
　虎丘 ·· 045

灵岩	051
西湖一	058
西湖二	061
雨后游六桥记	064
飞来峰	066
禹穴	070
五泄二	073
天目一	076
天目二	080
满井游记	083
由河洑山至桃源县记	087
由渌罗山至桃源县记	090
由水溪至水心崖记	095
与丘长孺书	103
与刘子威书	106
答梅客生	109
与丘长孺书	112
叙小修诗	118
徐文长传	126
怀龙湖	135
出郭	137
赠江进之(其一)	139
湖上	141

游满井 …………………………………………… 143

显灵宫集诸公以城市山林为韵（其二）………… 145

盘山顶 …………………………………………… 148

竹枝词（其二、其十二）………………………… 151

柳浪馆杂咏（四首）……………………………… 154

经太华 …………………………………………… 159

袁中道

西山十记·记一 ………………………………… 164

西山十记·记五 ………………………………… 168

西山十记·记八 ………………………………… 171

卷雪楼记 ………………………………………… 174

游青溪记 ………………………………………… 178

中郎先生全集序 ………………………………… 185

听泉（二首）……………………………………… 196

初秋（二首）……………………………………… 199

澧阳晚泊 ………………………………………… 201

雪中望诸山 ……………………………………… 203

游百泉（其二）…………………………………… 205

九日登中郎沙市宅上三层楼（其一）…………… 207

编纂始末 ………………………………………… 001

丛书总目 ………………………………………… 001

前　言

公安派是晚明崛起的一个文学流派。这一流派的代表人物是袁宗道、袁宏道和袁中道。由于袁氏兄弟是湖北公安人，所以世称公安派，并把袁氏兄弟称为公安三袁。

（一）

袁宗道，字伯修，号石浦，在公安三袁中是长兄。他生于嘉靖三十九年(1560)，卒于万历二十八年(1600)。十二岁入学，十九岁中乡举，二十七岁中进士，授庶吉士，翰林院编修。万历二十五年(1597)充东宫讲官，任春坊中允、右庶子等职。

伯修是公安派的带头人。清人钱谦益在《列朝诗集小传》中说："公安一派实自伯修发之。"《明史·文苑传》中也有记载："先是王（王世贞）、李（李攀龙）之学盛行，袁氏兄弟独心非之。宗道在馆中，与同馆黄辉力排其说。"

伯修的思想，深受思想家李贽的影响。他受教于李贽，主要在禅学方面。他很早就钻研心性之说，并试图"以禅诠儒"，寻求释儒两家的合一。他的弟弟小修在《石浦先生传》中说："七、八年间，先生屡悟屡疑。癸巳（1593），走黄州龙潭问学，归而复自研求。"比起两位弟弟，他的儒家思想要更浓一些，对儒家的"中庸"思想极感兴趣。他的为人也比两位弟弟稳实严谨。中郎在《出燕别大哥、三哥》诗中，形象地描写了他这位长兄的性格："长兄见老成，劝余勉为吏。钱谷慎出入，上下忌同异。"伯修爱慕白居易、苏轼，因此为自己的书斋起名"白苏斋"。著有《白苏斋类稿》二十四卷。

在公安三袁中，伯修的文学创作，从数量到成就都不及他的两位弟弟。他为人平恕，自甘淡泊，因此他的诗文也都有质朴、淳厚、温雅的气度，显露出他独特的"性灵"。小修评论他的创作"诗清润和

雅,文尤婉妙。然性懒不多作"。(见袁中道《石浦先生传》)

(二)

袁宏道,字中郎,号石公,生于隆庆二年(1568),卒于万历三十八年(1610)。中郎"年十六为诸生,即结社城南,为之长,间为诗歌古文,有声里中。"(见《明史·文苑传》)二十岁中举,二十五岁中进士。

万历二十三年(1595),袁宏道任吴县知县,时年二十七岁。虽然顺从了当时世俗的成规,从科举而进入仕途,陷入官场的羁绊,但是以风雅倜傥自居的袁宏道,不久就对这种生活厌倦了,这种情绪在他任吴县职期间,与亲友的书信中多有表露。他在给友人丘长孺的一封信中说:"弟作令备极丑态,不可名状。大约遇上官则奴,候过客则妓,治钱粮则仓老人,谕百姓则保山婆。一日之间,百暖百寒,乍阴乍阳,人间恶趣,令一身尝尽矣。苦哉!毒哉!"这里道出一任七品知县,不得不曲意周旋于形形色色的差使之中的苦处。他在吴县仅作了两年官,便于万历二十五年(1597)辞职。这时期创作的诗文收在《锦帆集》中。

辞官后的袁宏道，怀着摆脱羁绊的欣喜心情，纵情山水，"走吴越，访故人陶周望诸公，同览西湖、天目之胜，观五泄瀑布，登黄山、齐云。恋恋烟岚，如饥渴之于饮食。时心闲意逸，人境皆绝。"（见袁中道《吏部验封司郎中中郎先生行状》以下简称《中郎先生行状》）这个时期，袁宏道创作了大量的诗文，都收在《解脱集》中。

他三十一岁（万历二十七年）起任顺天府（今北京市）教授。当时宗道也在京作官，中道入了京都太学。兄弟三人在城西崇国寺建了蒲桃社，时常与朋友论学赋诗，并遍游幽、燕名胜。这时期所创作的诗文，收在《瓶花集》中。

万历二十八年（1600），袁宏道请假回到故里公安，不久伯修下世，他很伤感，也无意再作官。于是家居六年，"时于城南（指公安县城南）得下洼地，可三百亩，络以重堤，种柳万株，号曰柳浪。先生偕中道与一二名僧共居焉。潜心道妙，闲适之余，时有挥洒，皆从慧业流出，新绮绝伦。而游屐所及，如匡庐、如太和、如桃花源，皆穷极幽遐，人所不至者无不到。"（见《中郎先生行状》）袁宏道居柳浪馆六年，除了游历，便专门读书，研究佛学。至此他的文学创作和思想更臻于成熟圆通。这时期他创作的诗文收在《潇碧堂集》中。

万历三十四年(1606)，袁宏道三十九岁，第二次入京作官，起任吏部郎官。这时期他曾到陕西作过主考官，遍游秦中诸名胜，所创作的诗文收在《华嵩游草》中，这一次作官也不到四年，便请假南归，途中与中道游百泉(在今河南辉县西北)，遍游襄中诸名胜(袁中道在《南归日记》中较详细地记载了这段历程)。这时他的故乡公安遭了水灾，于是移居江陵沙市。袁宏道在沙市修了一座楼，起名砚北楼；在砚北楼前又盖起一座三层小楼，可以瞭望长江，起名卷雪楼。这里就是他最后的归宿，万历三十八年(1610)，袁宏道卒于此。

袁宏道纵情山水，洒脱豪放，是一位风雅潇洒的名士。他也是一位干练廉洁的官吏。在吴县为官廉正，政绩卓著，深得百姓的拥戴，连当时在朝的宰相申时行也曾感叹"二百年来，无此令也"。他是公安派的领袖。在反对前后七子的复古主义，建立公安派的理论中，起了重要作用，在明代文学史上有着不可低估的功绩。他与李贽交往甚密，自称为李贽弟子,思想和文艺主张都深受李贽的影响。

袁宏道的创作有《袁中郎全集》。他的散文的成就远远超过了他的诗歌,尤其他的山水游记,大都文笔婉丽清秀,"灵动俊快",寄寓了他的理想、情怀,显露了才情。他的尺牍也写得很好,大都感情真挚,语言亲切平易而富于风趣,不乏传世精品。

(三)

袁中道,字小修,生于隆庆四年(1570),卒于天启三年(1623)。在袁氏兄弟中,小修年寿最长,但是科场中却不如两位兄长那般顺达。他历尽科场的辛酸,直到四十六岁,才考取进士。授徽州府教授,迁国子博士,历任南京礼部主事,吏部郎中等职。

中道在少年时代就显露了文学才华,十多岁便写了《黄山》、《雪》两篇赋。青年时的袁中道以豪侠自命,走马击剑,饮酒娱乐,纵情山水,"足迹所至,几半天下"。中年以后,由于科场失意,更加嗜酒纵欲。这时他写的诗文,多反映了这种伤感的情绪。袁宏道在《叙小修诗》中这样描写他的弟弟:"盖弟既不得志于时,多感慨;又性喜豪华,不安贫窭;爱念光景,不受寂寞。百金到手,顷刻都尽,故尝贫;而沉湎嬉戏,不知樽节,故尝病;贫复不任贫,病复不任病,故多愁。愁极则吟,故尝以贫病无聊之苦,发之于诗,每每若哭若骂,不胜其哀生失路之感。"

中道最崇敬的两位人物,是中郎和李贽。他的思想、风度、文艺主张都与中郎相近,而又不及中郎那般锋芒毕露。所以他能对公安派的理论及创作,作出较客观的评价。

袁中道的创作,数量上超过他的两位兄长。现存的诗文,包括《珂雪斋前集》、《珂雪斋近集》、《珂雪斋选集》,以及《游居柿录》,都是他在世时刻印出来的。现合为一集,总名为《珂雪斋集》。小修的散文成就也超过他的诗。他写的传记《李陵温传》、《梅大中丞传》、《赵大司马传》、《江进之传》,都很出名,刻画人物生动而传神。他的山水游记写得很美,因为他精于鉴赏书画,艺术造诣很高,所以他的游记,多用画家重笔渲染的笔法,把山光水色描绘得瑰丽多姿,充满了诗情画意。

(四)

时代造就了公安三袁,也造就了公安派。中国封建社会到了明代中叶，资本主义生产的萌芽，开始在封建制度的母体内孕育产生。新的经济因素的诞生，不可避免地引发出新的文化精神与旧的文化传统反复较量。这一时期的复古主义的高涨与反复古主义的斗争，正是这一特定历史时期，思想文化领域矛盾斗争的一种反映。

明代中期复古主义的文艺思潮，具体地体现在明代文学复古主义运动上。其代表人物是前后七子。"前七子"指明弘治（1488—1505）年间，以李梦阳、何景明为首的文学派别。他们针对明初文坛被"台阁体"束缚的诗文创作和文风萎弱的时弊，以复古为号召，倡言"文必秦汉，诗必盛唐"，取"台阁体"而代之，具有一定的积极意义。但是矫枉过正，走向形式模拟的歧途。"后七子"是指嘉靖（1522—1566）到隆庆（1567—1572）年间以王世贞、李攀龙为首形成的文学派别，他们是继"前七子"之后，明代文坛的又一股复古主义流派。他们推崇何（何景明）、李（李梦阳），效法秦汉盛唐，提倡格调、法度，其复古主张基本与"前七子"一致。"后七子"左右明代文坛达四十年之久，其声势极盛，追随者极多，以致当时诗文模拟成风。

前后七子在明代文坛统治了将近一个世纪,他们复古模拟的形式主义的文学主张,一度给文艺创作带来了普遍衰退的后果。也遭到一些有识之士的强烈反对。到了明代晚期万历年间,进步思想家李贽、焦竑、徐渭、汤显祖等人的一系列主张就代表了反复古主义的思潮。他们的文学主张和创作实践,对公安派理论的形成有直接的影响。

李贽(1527—1602)是明代杰出的思想家,文艺理论家。他对程朱理学提出批评,反对以封建伦理道德扼杀人的欲望。李贽文艺理论的核心是"童心说"。(见《焚书》卷三《童心说》)他强调作家要保持纯真美好的心灵,挣脱世俗传统思想的束缚,敢于把自己对于社会生活的真实感受和见解写出来。这一主张显然和复古派的文艺观背道而驰,它反映了明代中叶以后,要求个性解放的进步思想。汤显祖(1550—1616)既景仰李贽,又与袁氏兄弟多有交往。他提倡文艺创作应重"情",重"意趣神色",并对通俗文学、小说、戏曲的地位给予了积极的肯定。

公安派的理论,是适应时代的发展要求,受李贽、汤显祖、徐渭等人进步思想影响,在同复古主义的斗争中建立起来的。

一、公安派反对复古，提出了"世道既变，文亦因之"的文学发展观。袁宏道在《雪涛阁集序》中指出："文之不能不古而今也，时使之也。"他的弟弟中道在《花雪赋引》中说："天下无百年不变的文章。"他们认为文学随着时代的发展而变化，不同的时代就应该有不同的文学。"世道既变，文亦因之，今之不必摹古者也，亦势也。"（袁宏道《与江进之》）这里所说的"势"，就是随着社会的进步变革，文学的发展也必将不断推陈出新的客观规律；违背了这个规律就是复古倒退。

二、公安派从文学的发展观出发，在创作中反对因袭模拟，倡导创新。

明代中叶以后，由于复古主义文艺思潮的影响，在文学创作中，模拟因袭成风，形式主义泛滥。"凡有一语不肖古者，即大怒，骂为野路恶道。"（见袁宗道《论文上》）袁宗道在《论文》中尖锐地批评了这种形式主义的弊病："司马迁之文，其佳处在叙事如画，议论超越。而近说乃云：西京以还，封建宫殿，官师郡邑，其名不驯雅，虽子长复出，不能成《史》。则子长佳处，彼尚未梦见也，而况能肖子长乎？"这段文字还可以看出，三袁所反对的是形式主义的模拟古人,而不是笼统地一概排斥古人。袁中道就曾告诫他的侄子祈年和彭年:"若辈当熟读汉魏及三唐人诗,然后下笔。"(《珂雪斋集》卷三《蔡不暇诗序》)袁宏道更明确提出学古不必泥古的观点。他们主张"见从己出",倡导文章要有"精光不灭"的创见。

三、三袁发展了李贽的"童心说"和汤显祖"唯情论"的文艺思想,提出"独抒性灵、不拘格套"的创作论。

袁宏道在《叙小修诗》中,赞扬小修的诗"大都独抒性灵,不拘格套,非从自己胸臆流出,不肯下笔",第一次提出了这一文学主张。"独抒性灵",就是要求文学创作以抒发自己的真性情为主。他们认为各人的"性灵"是不相同的,因此文学创作应从各自的"性灵"出发,"不拘格套","信心而出,信口而谈"(袁宏道《与张幼于》),作品就会有自己的真面目,就有自己独特的创作个性。

袁氏兄弟的"性灵说",除了真性情的涵义外,还包含着"灵"的一层涵义。"灵"即指"慧黠之气",对于作家来说,就是"才气""美感"。因此,三袁提出的"独抒性灵"的创作论,不仅要求作家表现真实性情,而且还要表现这种天生的"灵气"。同时他们还强调在文学作品中表现"趣":"世人所难得者唯趣。趣如山中之色,水中之味,花中之光,女中之态。虽善说者不能下一语,唯会心者知之。"(见袁宏道《叙陈正甫会心集》)在这段话中,袁宏道已经对"趣"作了解释,那就是人对美的欣赏领悟。作家在作品中表现这种"趣",必须不受限制地抒发自己的喜怒哀乐,嗜好情欲,聪明才智。三袁在他的山水游记中,充分地体现了这种"趣"。

四、三袁与李贽、汤显祖一样,对通俗文学给予了高度的赞扬。袁宏道在《叙小修诗》中极力称赞民歌《擘破玉》、《打草竿》,在《徐文长传》中赞美徐渭的杂剧《四声猿》,在《觞政》中把儒家经典与小说戏曲相提并论;他还把《西厢记》推为元曲之首,并盛赞小说《金瓶梅》、《水浒传》等。在晚明统治者强调道统,而鄙视小说、戏曲一时成风的情况下,三袁对通俗文学的卓识,同样具有离经叛道的色彩。

(五)

"独抒性灵,不拘格套"是三袁文艺思想的核心,他们的诗文创作实践,也基本体现了这种文学主张,从内容和形式上形成了三袁文学创作的独特风格。

一、"独抒性灵"是三袁社会理想在创作主张上的体现。由于"性与俗违,官非其器,万念俱灰冷,唯文字障未除"(袁宏道《与朱司理》),因此"任情而发","任意歌咏","独抒性灵"这些才是他们致力于诗文创作的真正意图。

在三袁的诗文中,虽然大量的是有关山水题材的作品,但是他们涉及社会现实的创作,也是很值得重视的。三袁作品中的人物传记,就明显地表现了三袁思想的叛逆特色。如袁宏道的《徐文长传》,袁中道的《李陵温传》、《回君传》等,这些传记作品中富有个性的人物,大都是在封建社会的沉重压抑下,或离经叛道,或科场失意,怀才不遇,或穷困潦倒,作者深刻地揭示了这些人物与社会的尖锐冲突。袁宏道为徐文长写传,他显然不仅仅限于写徐文长的奇人奇事,而是慨叹于许许多多失意者的共同遭际,这也正是袁宏道真实感情的流露。这类作品描写的视点与倾向性,明显地表达了作者的社会理想,与作者自我舒展个性的人生理想是相一致的。

三袁诗文的重点,是描写自然山水的作品。他们的社会理想、个性在现实中得不到施展,只能通过纵情山水和山水题材的作品,曲折地表现出来。也就是"借山水之奇观,发耳目之昏瞆;假江河之渺论,驱肠胃之尘土"。(袁宏道《与陶石篑》)因此三袁山水题材的作品,总是鲜明地表现了作者摆脱社会束缚的喜悦,从大自然中探寻人生的乐趣,慰藉苦闷的心灵,从而追求个性人生的自由。因此,三袁的诗文,不是对自然山水纯客观的描摹,不是仅仅追求自然形态的逼真,而是在湖光山色的描绘中,展现出作者浓郁的主观情趣,从而达到一种"情与景会"的艺术境界。

这种"情与景会"的艺术特色,首先表现在三袁山水诗文的写意性上。这一点在袁宏道的山水游记中表现得尤为突出。他往往信手写来,轻轻着笔,淡淡点染,而性灵流溢,情趣盎然。如他在游记《西湖二》中,写了西湖初春的桃李争妍,并且极力地赞美西湖傍晚的山容水色,虽只寥寥数笔,读后却使人感受到"别是一种趣味"的风致,它既是一篇游记,又是优美的抒情散文。这种"情与景会"的艺术境界,还表现在作者对自然山水的偏爱上。如在《爽籁亭记》中,袁中道有一段听泉的描写。他在对泉水作了富于变化的描绘中,展现了听泉爱泉的丰富感受,乃至把听泉的感受与对人生的思考统一起来。把作者陶醉于自然山水的情怀,表现得惟妙惟肖。又如袁宏道游飞来峰,"直穷莲花顶,每遇一石,无不发狂大叫。"游五泄,发现奇石"相顾大叫","跳吼大石上",游桃花源而留连忘返,无不表现了他们这种对山水的癖好。

从三袁自然山水题材的作品所描写的对象来看,也具有它的特色。其一,作者所偏爱的,进入诗文的自然景物,或自然质朴;或变幻多姿,富于生机;或新奇而富有个性。这种选择提炼的倾向性,与三袁反对传统束缚,追求个性自由的思想有着密切的联系。其二,三袁笔下的自然景观,富于世俗生活的情趣。在对山水景物的描写中,穿插了世俗的生活情景,并使之交融统一。如袁宏道《虎丘》,并没有更多地着笔于山水,而是出色地描绘了苏州人中秋之夜游览虎丘的盛况,以及赛唱吴歌的情景,是一幅展现吴中风俗的精美图画。在《灵岩》中,对"响屟廊"和"西施履迹"的一段描述,以及僧人的"瞠目不知所谓",仆人的"徘徊色动",也充分表现了世俗之乐,给人以鲜明的印象。

二、从表现形式上,三袁的诗文具有朴素自然、通俗浅近,不拘格套的特色。这也是受晚明时期通俗文学,以及市民阶层审美趣味影响的结果。

在语言上,三袁强调"本色独造语",也就是不加粉饰、不事雕琢、不蹈袭古人,用作家自己的语言,去抒写自然趣味和心灵感受。在此基础上,他们进一步强调口语化,甚至提炼俗语俚语,使之入诗入文。这一特点在三袁的诗文创作中有着普遍的表现。这种通俗浅近的语言风格,是作者追求形式上"不拘格套"的一个方面,也是对当时僵化摹古文风的突破。

三袁"不拘格套"的创作特色,还表现在体裁的多样化。而且他们通过自己出色的创作,使许多不被当时文人重视的体裁,焕发出生气。如三袁的尺牍、日记、题跋、随笔,或抒情,或议论,或叙事,都写得挥洒自如,而又简洁凝炼,很有特色。

三袁的诗文创作,受明代中、晚期反理学、反复古主义思潮的深刻影响,在思想内容和形式风格上,都有新的开拓。对明代以及后来进步文学的发展,有积极的影响。但是在中国文学史上,公安三袁的创作成就又是有限的,他们并没有造成中国文学发展的新高峰。这与他们所生活的时代有关,也有三袁主观方面的原因。三袁所倡导的"独抒性灵",从一个方面说,由于回避了艺术与现实的联系,就易于导致文学创作脱离社会现实,追求个人情趣的倾向。因此表现在他们的创作中,多偏重于抒写个人的闲情逸致,积极的人生追求较少,往往缺乏深刻的社会意义。

　　本书选目以能反映公安派的思想及创作特色为标准,并收录了历来流行的名篇,照顾到这套丛书的普及性、通俗性特色,因此所选散文部分多于诗歌,而散文部分,又以山水游记为主。入选诗文原文主要依据上海古籍出版社出版的《白苏斋类集》《袁宏道校笺》《珂雪斋集》,并参阅了一些注释本,吸收了一些有关研究成果。本书在注译过程中,得到武汉大学中文系李健章先生、唐福龄先生的指教;武汉大学古籍所的陈世饶先生审阅了全稿,并提出了宝贵的修改意见;武汉大学古籍所所长宗福邦先生复审了书稿;武汉大学古籍所资料室的汪波同志提供了宝贵的图书资料。在此谨致谢意。

任巧珍(武汉大学文学院古籍研究所)

袁宗道

上 方 山 一

作者描写上方山的小品共四篇①,这是第一篇。本文从上方山的入口处乌山口写起,层层登临,直至欢喜台。写了山村的田园景致,上方山的奇峰险壑,乃至山回路绕的迷离景象。轻轻勾画,淡淡着笔,读后却引人入胜。

自乌山口起②,两畔乱峰束涧,游人如行衖中③。中

---

① 上方山:山名,位于今北京市房山区南部。隋唐时已成为佛教圣地,以后历代扩建修葺,成为规模巨大的房山佛教区。山峦秀丽,古木参天,是游览胜地。 ② 乌山口:通称作孤山口,是登临上方山的入口处,山上有孤山口村。 ③ 衖:同"巷"。

有村落,麦田林屋,络绎不绝。饁妇牧子①,隔篱窥诧,村犬迎人。至接待庵②,两壁突起粘天,中间一罅③。初疑此罅乃狖穴蛇径④,或别有道达巅,不知身当从此度也。前引僧人罅,乃争趋就之,至此游人如行匣中矣。三步一回,五步一折,仰观白日,跳而东西,踵屡高屡低,方叹峰之奇,而他峰又复跃出。屡跰屡歇⑤,抵欢喜台⑥,返观此身,有如蟹螯郭索潭底⑦,自汲井中,以身为瓮⑧,虽复腾纵,不能出栏。其峰峦变幻,有若敌楼者,睥睨栏楯俱备⑨。又有若白莲花,花下承以黄趺⑩,余不能悉记也。

【翻译】

　　从乌山口起,两边乱峰夹着山涧,游人像在小巷子里行走。其中有村落、麦田、树林、房屋、接连不断。送饭的妇女、放牧的儿童,隔着篱笆惊奇地偷偷望着游客,

---

　　① 饁(yè业)妇:到田间送饭的妇女。　② 接待庵:庵名,是上方山七十二庵之一。　③ 罅(xià夏):裂缝。　④ 狖(yòu又):长尾猿。　⑤ 跰(bù步):同"步",步行。　⑥ 欢喜台:上方山风景点之一,是一座平坦的山头,游人登上环视四周奇峰,心中喜悦,因此名"欢喜台"。　⑦ 郭索:螃蟹爬行的样子。　⑧ 瓮:盛水或盛酒的陶器。　⑨ 睥睨(bì nì必昵):城上的小墙。也作"埤堄"。栏楯:犹栏杆。纵为"栏",横为"楯"。　⑩ 趺(fū夫):通"柎",花萼。

村里的狗也绕着游人吠叫。走到接待庵,两侧的山壁突兀而起直接云天,中间有一条裂缝。开始我怀疑这裂缝是猿猴的巢穴,是大蛇的通道,也许另外有路可通往山顶,却不知人必须从这里通过。前面引路的僧人,先进入石罅,于是我们争着跟上他。到这儿人就像行走在匣子里了。山回路转,三步一弯,五步一折,抬头观望天上的太阳,好像忽而跳向东边,又忽而跳向西边一样。脚下一会儿高一会儿低,正赞叹这座山峰的奇特,而另一座山峰又在前面跳了出来。行走间多次歇息,终于走到了欢喜台。回头看看自己,好像螃蟹在潭底爬行,又像自己从井中汲水,用自己的身体作为汲水的瓮,虽然反复腾跃,也不能跳出井栏。那些峰峦变幻莫测,有的像城楼,短墙和栏杆样样俱全;有的又像白莲花,花下托着黄色的花萼。其余的景色,我就不能一一记载了。

嘉鱼纪游

本文作于万历二十一年。虽题为纪游,但是文中只有寥寥数笔记述山水,大部分文字记述了作者与李沂的谈话,表达了他对当世人才的看法,对时政的讽谕。结尾以山水喻人,意味深长,是一篇极富特色的纪游小品。

舟泊嘉鱼县①,访李给事景鲁②。景鲁廷杖归③,逾

---

① 嘉鱼县:今属湖北省。 ② 李给事景鲁:李沂,字景鲁,号太清。湖北嘉鱼人。万历进士,任吏科给事中,掌管抄发章疏,稽察违误等事。 ③ 廷杖:古代皇帝在朝廷上杖责臣下的一种酷刑。万历十六年,李沂弹劾太监张鲸,触怒神宗,因此遭廷杖,黜官为民,返回故里嘉鱼县。

三年矣。一见,喜剧欲狂,握余手曰:"兄真信人,不渝宿约!"登楼,痛饮至丙夜①。

时刘、哱初平②,倭报甚警③,景鲁慷慨谈兵,因讯近日人才。余曰:"人才吾不能知,第有一切喻④:仙鹤能为台榭点缀光景,然决不能耕田负重;猫能护衣箧,鹰隼能致野味⑤,然不能禁其食腥啖膻。通此,则满世界皆人才矣。"景鲁亟赏之⑥。明日,游近城渚山,山石枯梗,山树森劲。水直行山下,无纤毫纡屈,大约俱类景鲁之为人。留二宿,始别。

【翻译】

　　船停泊在嘉鱼县,我拜访了李给事景鲁先生。景鲁遭廷杖返归故里,已经过了三年了。一见到我,高兴得发狂,握着我的手说:"老兄真是守信用的人,没有违背过去的约定。"上了楼,痛饮到深夜。

　　当时正值刘东旸、哱拜父子叛乱刚刚被平息,倭寇

---

① 丙夜:古代将夜间分为甲、乙、丙、丁、戊五更。丙夜指三更时分,即深夜。　② 刘、哱(bō 波)初平:指万历年间,西夏叛将刘东旸、哱拜及其儿子哱承恩叛乱被平息的事。　③ 倭:古代对日本人的称呼。这里指元末明初在我国沿海地区侵扰的日本海盗。　④ 第:但是。　⑤ 鹰隼:一种凶猛的猎鹰。　⑥ 亟:通"极"。

进犯的消息很紧急,景鲁慷慨地谈论战事,于是询问近来的人才情况。我说:"关于人才我不太了解,但是我有一个贴切的比喻:仙鹤能给楼台亭榭装点景色,但是决不能耕田和负担重物;猫能保护衣箱,鹰隼能猎取野味,但是不能禁止它们吃腥鱼和生肉。懂得这个道理,就满天下都是人才了。"景鲁很赏识我的看法。

　　第二天,游览了靠近县城的一些山。山上的石头瘦削而多棱角,山上的树木高大而挺拔,泉水直流山下,没有一点儿迂回弯曲,大约都像景鲁的为人。我住了两宿,才告别了景鲁先生。

龙　　湖

　　万历二十一年五月，袁氏三兄弟到麻城龙湖拜访李贽。李贽很赏识袁氏兄弟，曾赞扬"伯也稳实，仲也英特，皆天下名士也"。袁氏兄弟对李贽也极为崇敬。在这篇纪游小品中，描绘了龙湖一带幽邃雄奇的景色，从而使人联想到李贽的精神风采。文章在朴素自然的描写中寄寓了作者深沉的感情，体现了袁宗道的散文创作特色。

龙湖一云龙潭①,去麻城三十里②。万山瀑流,雷奔而下,与溪中石骨相触。水力不胜石,激而为潭。潭深十余丈,望之深青,如有龙眠。而土之附石者,因而夤缘得存③,突兀一拳,中央峙立。青树红阁,隐见其上④,亦奇观也。潭右为李宏甫精舍⑤,佛殿始落成⑥,倚山临水,每一纵目,则光、黄诸山⑦,森然屏列,不知几万重。余本问法而来,初非有意山水,且谓麻城僻邑,当与孱陵、石首伯仲⑧,不意其泉石幽奇至此也,故识⑨。癸巳五月五日记⑩。

【翻译】

龙湖又称为龙潭,离麻城三十里。千山万壑的瀑

---

① 龙湖:在湖北麻城东北。李贽于万历十三年(1585)在此定居,著书讲学。 ② 麻城:今属湖北。 ③ 夤(yín 吟)缘:攀附向上。 ④ 见(xiàn 现):同"现"。 ⑤ 李宏甫:李贽,号卓吾,又号宏甫,别号温陵居士、龙湖师。是明代著名的思想家和文艺批评家。著有《李氏焚书》、《续焚书》、《藏书》、《李温陵集》。精舍:学舍、书斋。 ⑥ 佛殿:芝佛殿,佛堂,不是正式寺院。李贽书斋建在院内。 ⑦ 光、黄:二山名,位于大别山一带。光山,在今河南东南部。黄山,在今安徽南部。 ⑧ 孱陵:古县名,在今湖北公安县南。后来并入公安县。石首:今属湖北。伯仲:本指兄弟排行的次第,引申为次序并列。 ⑨ 识(zhì 志):记载。 ⑩ 癸巳:指万历二十一年(1593)。

布,迅雷般奔腾而下,与溪水中的石头相撞击。水的力量不能冲开石头,旁边激冲成了水潭。潭深十多丈,看上去幽深青黑,好像有蛟龙潜伏在里面。潭旁边附在石头上的土,因为不断的攀附增高而得以存在,突起来像拳头一样,峙立在溪流中央。绿色的树,红色的楼,隐约显现在小山上,也是一种奇妙的景观。

  水潭的右边是李宏甫精舍,佛殿才建成,靠山傍水;每当放眼眺望,就看见光山、黄山那些峰峦,像屏障森然耸立,数不清有几万重。我本是向李先生请教学问而来,开始没有打算游览山水,而且以为麻城是个偏僻的小城镇,其景色应当与屏陵、石首不相上下,没想到这里的泉水山岩这般幽邃雄奇,因此记载下来。癸巳五月五日记。

论 文 上

本文是公安派的重要论文之一,奠定了公安派文学思想的基础。文中强调了判断文章好坏的标准,在于文辞是否达意,并认为语言随着时代而变化,不必一味地模拟古人,提出了学古在于"学其意不必泥其字句"的主张。

口舌代心者也,文章又代口舌者也。展转隔碍,虽写得畅显,已恐不如口舌矣,况能如心之所存乎?故孔子论文曰:"辞达而已①。"达不达,文不文之辨也。

---

① "辞达而已":语出《论语·卫灵公》:"子曰:'辞达而已矣。'"

唐、虞、三代之文①,无不达者。今人读古书,不即通晓,辄谓古文奇奥②,今人下笔不宜平易。夫时有古今,语言亦有古今。今人所诧谓奇字奥句,安知非古之街谈巷语耶?《方言》谓楚人称知曰党③,称慧曰諈④,称跳曰蹢⑤,称取曰挻⑥。余生长楚国,未闻此言。今语异古,此亦一证。故《史记》五帝三王纪⑦,改古语从今字者甚多:畴改为谁⑧,俾为使⑨,格奸为至奸⑩,厥田厥赋为其

---

　　① 唐:指唐尧时代。唐尧,古帝名,又号陶唐氏。虞:指虞舜时代。虞舜,古帝名,又号有虞氏。三代:指上古的夏、商、周三个朝代。　② 辄(zhé 哲):就,总是。　③《方言》:古代方言学著作,汉代扬雄撰。楚:指长江中下游一带,今湖北、湖南部分地区。按《方言》卷一:"党,知也。楚谓之党。"　④ 慧曰諈(tuó 驼):《方言》卷一:"虔、儇,慧也。楚或谓之諈。"　⑤ 跳曰蹢(chī 斥):《方言》卷一:"踖、蹻、蹄,跳也。楚曰蹢。"　⑥ 取曰挻(shān 山):《方言》卷一:"扞、擭、㨒、延,取也。楚或谓之挻。"　⑦《史记》:汉代司马迁所著纪传体史书。五帝三王纪,指《史记》中的《五帝本纪》和《夏本纪》、《殷本纪》、《周本纪》。　⑧ 畴改为谁:如《书·尧典》"畴咨若时登庸",《史记·五帝本纪》改为"谁可顺此事"。　⑨ 俾为使:如《书·尧典》"有能俾人",《史记·五帝本纪》中改为"有能使治者"。　⑩ 格奸为至奸:如《书·尧典》"不格奸",《史记·五帝本纪》中改为"不至奸"。

田其赋①,不可胜记。左氏去古不远②,然《传》中字句,未尝肖《书》也③。司马去左亦不远,然《史记》字句,亦未尝肖《左》也。至于今日,逆数前汉④,不知几千年远矣。自司马不能同于左氏,而今日乃欲兼同左、马,不亦谬乎!中间历晋、唐,经宋、元,文士非乏,未有公然捃扯古文⑤,奄为己有者⑥。昌黎好奇⑦,偶一为之,如《毛颖》等传⑧,一时戏剧⑨,他文不然也。

① 厥田厥赋为其田其赋:如《书·禹贡》"厥田唯上下,厥赋中中",《史记·夏本纪》中改为"其田上下,赋中中"。
② 左氏:左丘明,相传左丘明为《春秋》作传,称作《左传》。
③ 肖:相似。《书》:《尚书》,是现存的最早的关于上古时典章文献的汇编。其中也保存了商及西周初期一些重要史料。相传曾经由孔子编选,儒家列为经典之一。 ④ 前汉:西汉。
⑤ 捃(xūn 寻)扯:摘取。特指写作中割裂文义,剽窃词句。
⑥ 奄(yǎn 眼):包括。 ⑦ 昌黎:韩愈,先世郡望昌黎(今辽宁义县),人称韩昌黎。唐代文学家。唐代古文运动的倡导者之一,他的散文创作在继承先秦两汉古文的基础上,加以创新,被列为唐宋散文八大家之首。 ⑧《毛颖》:指韩愈写的《毛颖传》,文中以笔拟人,为笔作传,体裁仿《史记》。《旧唐书·韩愈传》中说:"《毛颖传》讥戏不近人情,此文章之甚纰缪者",由此可见,袁宗道所谓"戏剧"之作,受此影响。
⑨ 戏剧:游戏,开玩笑。

空同不知①,篇篇模拟,亦谓反正。后之文人,遂视为定例,尊若令甲②,凡有一语不肖古者,即大怒,骂为野路恶道。不知空同模拟,自一人创之,犹不甚可厌。迨其后以一传百③,以讹益讹④,愈趋愈下,不足观矣。且空同诸文,尚多己意,纪事述情,往往逼真。其尤可取者,地名官衔,俱用时制。今却嫌时制不文,取秦、汉名衔以文之。观者若不检《一统志》⑤,几不识为何乡贯矣。且文之佳恶,不在地名官衔也。司马迁之文,其佳处在叙事如画,议论超越。而近说乃云:西京以还⑥,封建宫殿⑦,官师郡邑,其名不驯雅⑧,虽子长复出,不能成《史》。则子长佳处,彼尚未梦见也,而况能肖子长也乎?

或曰:"信如子言⑨,古不必学耶?"余曰:"古文贵达,

---

① 空同:李梦阳,号空同子。明代"前七子"的首领之一。提倡"文必秦汉、诗必盛唐",在明代文坛上形成一股尊古模拟之风。 ② 令甲:原指法令编次的第一篇。汉代法令,按先后分为令甲、令乙、令丙,即法令一、法令二、法令三。后来便以"令甲"作为法令的通称。 ③ 迨(dài代):到,及。 ④ 讹(é 鹅):错误。 ⑤《一统志》:记载全国地理的书。明代有《大明一统志》。 ⑥ 西京:西汉建都长安(今陕西西安),东汉迁都洛阳以后,称长安为西京。此处代指西汉。 ⑦ 封建:指古代帝王把爵位、土地分封给诸侯,在封地内建立诸侯邦国。 ⑧ 驯:通"训"。 ⑨ 信:确实,果真。

学达即所谓学古也,学其意不必泥其字句也①。"今之圆领方袍,所以学古人之缀叶蔽皮也;今之五味煎熬②,所以学古人之茹毛饮血也③。何也?古人之意期于饱口腹④,蔽形体;今人之意亦期于饱口腹、蔽形体,未尝异也。彼摘古字句入己著作者,是无异缀皮叶于衣袂之中⑤,投毛血于殽核之内也⑥。大抵古人之文,专期于达;而今人之文,专期于不达。以不达学达,是可谓学古者乎?

【翻译】

口语代表人的心意,文章又代表了口语。经过展转阻隔,文章虽然写得畅达明白,恐怕已经不及口语了,又怎么能像心里想的那样呢?所以孔子谈论文章说:"文辞能通达就行了。"文辞是否达意,是辨别文章好坏的标准。

唐尧、虞舜及夏、商、周三代的文章,没有不达意的。现代人读古书,不能立即贯通明白,就说古人的文章奇特深奥,现代人写文章也不应该浅俗平易。时代有古

---

① 泥(nì逆):拘束,墨守。 ② 五味:指酸、甜、苦、辣、咸。
③ 茹毛饮血:指远古之人生食禽兽。茹,吃。 ④ 期:希望。
⑤ 袂(mèi妹):本指衣袖,此处泛指衣服。 ⑥ 殽(yáo姚)核:菜肴果品。殽:通"肴",菜肴。

今，语言也有古今。现代人所惊异地认为奇特深奥的字句，那知不是古代大街小巷常说的民间俗语呢？《方言》上说楚人把"知"说成"党"，把"慧"说成"𧠚"，把"跳"说成"𧾷斯"，把"取"说成"挺"。我生长在楚地，没听说过这些话。现代的语言不同于古代，这也是一个例证。所以《史记》中的《五帝本纪》、《夏本纪》、《殷本纪》、《周本纪》，改古代语言为现代字句的地方很多。如"畴"改为"谁"，"俾"改为"使"，"格奸"改为"至奸"，"厥田厥赋"改为"其田其赋"，这样的例子不可胜数。左丘明离上古时代不远，然而《左传》字句并不像《尚书》。司马迁离左丘明也不远，然而《史记》的字句，也并不曾像《左传》。到了今天，往前数到西汉，不知有几千年那么遥远了，从司马迁不能与左丘明的文辞相同来看，现代人却要与左氏、司马氏的文辞兼而相同，不是很荒谬吗？这中间经历了晋代、唐代、宋代、元代，不乏有才华的文人，却没有公然摘取古文占为己有的。韩愈好奇，偶而写这样的文章，如《毛颖传》等，这只是一时游戏文字，韩愈别的文章并不是这样的。

　　李梦阳不明白这个道理，把凡是模拟古人的文章，也都说成是反归正道。后来的文人，于是把这看作定例，像法律一样尊奉，凡是文章中有一句话不像古人的，就大发脾气，骂作是歪门邪道。却不知李梦阳模拟古文,出自他个人独创,却不太令人讨厌。到了后来,以一传百,错上加错,文章越来越差,真不值得一读了。况且李梦阳写的那些文章,还多能表达他的本意,纪叙事物抒写情意,往往逼真。他的文章尤为可取之处,是地名、官衔都用了今天的说法。如今却嫌当今的称呼不文雅,要采用秦、汉地名和官衔,想使文章变得高雅起来。读这种文章的人倘若不查检《一统志》,几乎不知道是什么地方了。况且文章的好坏,不在于用什么地名和官衔。司马迁的文章,它的妙处在于描叙事物如画,议论高超。而近人议论却说,自西汉以来,封爵、宫殿、百官、郡邑的名称都不典雅。这么说,即使司马迁再生,也不能写成《史记》。其实司马迁文章的优点,他们还没有梦见过,哪里能写出像司马迁那样的文章呢?

有人说:"果然像你说的那样,古人也不必学了吗?"我说:"古文贵在文辞达意,学习这种达意的意图,就是所说的学习古人了,学习古人的意思,不必对古人的字句斤斤计较。"现今圆领方袍的服装,是因为学了古人用树叶兽皮遮体;现今食物用五味烹调,是因为学了古人的茹毛饮血。为什么呢?古人的意图是希望吃饱肚子,遮蔽身体;今人的意图也是希望吃饱肚子,遮蔽身体,并没有什么不同。那些摘取古人字句放进自己著作中的人,跟把兽皮和树叶挂在衣服上,把禽兽的毛血放进菜肴果品中,并没有什么不同。大概古人的文章,一心追求文辞达意,而今人的文章,却一心追求文章不必达意,以不达意学习达意,这能说成是学习古人吗?

袁宗道

论　文　下

　　本文强调了作家写文章必须有意见要表达,为了表达这种意见还要创造出相应的语言形式。作者尖锐地批评了"后七子"的复古流弊,认为他们"流毒后学,使人狂醉",危害非浅,并提出正确解决途径是"从学生理,从理生文"。这一观点,在当时是有进步意义的。

　　爇香者①,沉则沉烟②,檀则檀气③。何也? 其性异也。奏乐者钟不藉鼓响,鼓不假钟音,何也? 其器殊也。

---

　　① 爇(ruò 若):点燃,烧。　② 沉:沉香,香木。　③ 檀:檀香,香木。

文章亦然。有一派学问,则酿出一种意见;有一种意见,则创出一般言语。无意见则虚浮,虚浮则雷同矣。故大喜者必绝倒,大哀者必号痛,大怒者必叫吼动地,发上指冠。惟戏场中人,心中本无可喜事,而欲强笑;亦无可哀事,而欲强哭;其势不得不假借模拟耳。今之文士,浮浮泛泛,原不曾的然作一项学问①,叩其胸中②,亦茫然不曾具一丝意见,徒见古人有立言不朽之说③,又见前辈有能诗能文之名,亦欲搦管伸纸④,入此行市,连篇累牍,图人称扬。夫以茫昧之胸,而妄意鸿巨之裁,自非行乞左、马之侧⑤,募缘残溺⑥,盗窃遗矢⑦,安能写满卷帙乎⑧?试将诸公一编,抹去古语陈句,几不免于曳白矣⑨。其可愧如此,而又号于人曰:引古词,传今事,谓之属文⑩。然则二《典》三《谟》⑪,非天下至文乎?而其所引,果何代之词乎?

---

① 的然:确实,的确。 ② 叩:探问,寻问。 ③ 立言:著书立说。 ④ 搦(nuò诺)管:执笔。搦,握持。管,笔。 ⑤ 左、马:左丘明、司马迁。 ⑥ 募缘:求人施舍的意思。 ⑦ 矢:通"屎"。 ⑧ 卷帙(zhì至):书籍的册数,此指文章的篇幅。 ⑨ 曳白:本指考试交白卷,这里指卷纸空白。 ⑩ 属(zhǔ主)文:写作。 ⑪ 二《典》三《谟》:传说为中国最早的文章。二《典》指《尚书》中的《尧典》、《舜典》;三《谟》指《尚书》中的《大禹谟》、《皋陶谟》、《益稷》。

余少时喜读沧溟、凤洲二先生集①。二集佳处,固不可掩,其持论大谬,迷误后学,有不容不辨者。沧溟赠王序②,谓"视古修词,宁失诸理"。夫孔子所云辞达者,正达此理耳,无理则所达为何物乎?无论《典》、《谟》、《语》、《孟》③即诸子百氏,谁非谈理者?道家则明清净之理,法家则明赏罚之理,阴阳家则述鬼神之理,墨家则揭俭慈之理,农家则叙耕桑之理,兵家则列奇正变化之理。汉、唐、宋诸名家,如董、贾、韩、柳、欧、苏、曾、王诸公④,及国朝阳明、荆川⑤,皆理充于腹而文随之。彼何所见,乃强赖古人失理耶?凤洲《艺苑卮言》⑥,不可具驳,其赠

① 沧溟:李攀龙,字于麟,号沧溟。明代文学家,"后七子"首领之一。他认为文自西汉,诗自盛唐以下,都不足观。倡导模拟复古的文风。凤洲:王世贞,字元美,号凤洲、弇洲山人。明代文学家,"后七子"首领之一。倡导"文必秦汉,诗必盛唐,大历以后勿读"。(见《明史》) ② 沧溟赠王序:指《沧溟集·送王元美序》。 ③《典》、《谟》、《语》、《孟》:指二《典》、三《谟》、《论语》、《孟子》。 ④ 董、贾、韩、柳、欧、苏、曾、王:指西汉哲学家、今文经学大师董仲舒,西汉政治家、文学家贾谊,唐代文学家韩愈,唐代文学家柳宗元,宋代文学家欧阳修,宋代文学家苏轼,宋代文学家曾巩,宋代政治家、文学家王安石。 ⑤ 阳明:王守仁,字伯安。明代哲学家、教育家。因筑室故乡阳明洞中,因此世称阳明先生。荆川:唐顺之,明代散文家,著有《荆川先生文集》。 ⑥《艺苑卮言》:王世贞所撰,共十三卷。

李序曰:"《六经》固理薮已尽①,不复措语矣。"沧溟强赖古人无理,而凤洲则不许今人有理,何说乎?此一时遁辞,聊以解一二识者模拟之嘲,而不知其流毒后学,使人狂醉,至于今,不可解喻也。然其病源则不在模拟,而在无识。若使胸中的有所见,苞塞于中②,将墨不暇研,笔不暇挥,兔起鹘落③,犹恐或逸④;况有闲力暇晷⑤,引用古人词句耶?故学者诚能从学生理,从理生文,虽驱之使模,不可得矣。

【翻译】

点燃的香木,沉香有沉香的烟雾,檀香有檀香的气味。为什么呢?那是因为本质不同。演奏音乐,钟不能替代鼓的响声,鼓不能替代钟的声音。为什么呢?那是因为乐器不同。文章也是这样,有一种学问,就酝酿出一种见解。有一种见解,就创造出一种语言。如果文章没有见解,就空洞浮浅,空洞浮浅就千篇一律了。所以大喜的人,必然俯仰大笑。大哀的人,必然号咷痛哭。大怒的

---

①《六经》:指六部儒家经典,即《易》、《书》、《诗》、《礼》、《乐》(已佚)、《春秋》。薮:指聚集之处。 ②苞塞:充满。 ③兔起鹘(hú 胡)落:兔子刚跳起而鹘已经搏击下去。形容迅速。鹘:一种凶猛的猎禽。 ④逸:通"佚",亡失,散失。 ⑤暇晷(guǐ 轨):空闲时间。晷,本指日影,泛指时光。

人,必然吼声动地,怒发冲冠。只有在戏台上演戏的人,心中本来没有值得高兴的事,却要强笑;也没有值得哀伤的事,却要强哭,那种场合下不能不装模作样罢了。现今的文人,轻浮浅陋,原本不曾切切实实地作过一门学问,叩问他的学识,也茫茫然不曾具有一点主张。仅仅见古人有著书立说可以不朽的说法,又见前辈有能写文章能写诗的荣誉,于是也想执笔铺纸,加入这个行列;文稿一篇接一篇,想取得别人的称赞表扬。以茫昧无知的见识,妄想写出体裁宏伟的文章,当然不在左丘明、司马迁身边乞讨,求些残溺,偷点粪便,怎么能够完篇呢?试拿这些先生们的一篇文章,划掉古语陈句,几乎不免成了一张白纸了。令人羞愧到这种地步,而又向人宣称:引用古代的词语,表达现代的事情,就叫作写文章。那么《尚书》中的二《典》三《谟》,不是天下最好的文章吗?而这些文章所引用的,究竟是什么朝代的词语呢?

我少年时期喜欢读沧溟、凤洲二位先生的文集。这两位先生文集的优点,固然不可掩盖,但是他们所持的论点很荒谬,迷误后来的学者,有不容不辨明之处。沧溟先生在《送王元美序》中说:"看古文修饰文词,宁可在道理上受到损害。"孔子所说的文辞达意,正是要表达这些道理,如果离开道理,那么文辞要表达的是什么呢?不论是二《典》、三《谟》、《论语》、《孟子》,就是诸子百家,谁不是谈论道理的呢？道家就阐明清净无为的道理，法家就阐明赏罚的道理，阴阳家就论述鬼神的道理，墨家就揭示俭约慈善的道理，农家就记叙耕田种桑的道理，兵家就列举正反变化的战阵道理。汉代、唐代、宋代那些名家，如董仲舒、贾谊、韩愈、柳宗元、欧阳修、苏轼、曾巩、王安石等诸位先生，以及本朝的阳明先生、荆川先生，都是满腹道理，随之而写成文章。沧溟先生又何处得以见证，而强赖古人宁可损害道理呢？凤洲先生的《艺苑卮言》，不可以全批驳，其中赠李于麟的序中说："《六经》就是道理的汇聚处，道理已说尽了，我们不必再说什么了。"沧溟先生强赖古人文章无理，而凤洲先生则不许今人的文章有理，为什么这样说呢？这是一时支吾搪塞的话，不过是用来解除一些有识之士对模拟的嘲讽罢了，然而他们却不知道，这种论调流传毒害后来学者，使人如痴如狂地模拟古人，到现在已经难以向他们解释明白了。然而这种弊病的根源，却不在于模拟本身，而是在于没有见识。倘若胸中确实有见识，内心充实，将是墨来不及慢慢地研，笔来不及慢慢地挥，像兔子刚跃起猎鹘便搏击下来那样迅速成章，还怕或许有遗漏的没写；哪里还有余力和空闲时间，去引用古人词句呢？所以学者果真能从学问中悟出道理，从道理中产生文章，虽然强迫使他模拟，也办不到了。

士先器识而后文艺①

  在这篇论文中,作者认为文艺创作应以博大的识见、宽厚的胸襟为根基,他还强调了"识"是"器"的基础,要扩大自己的学识,必须加强后天的学习和修养。虽然文章中对一些历史上文人的评价有偏颇之处,但是作者所提出的观点,是符合创作规律的。

  夫士戒乎有意耀其才也,有运才之本存焉。有意耀其才,则无论其本拨而神泄于外②,而其才亦龊龊碌碌③,

---

  ① 器识:指人的器度见识。 ② 拨:本指大树的根断绝。
③ 龊(chuò 绰)龊碌碌:谨小慎微的样子。

无纤毫之用于天下。夫惟杜机葆贞①,凝定于渊默之中,即自弢其才②,卒不得不显。盖其本立,其用自不可秘也。今夫花萼蕃郁,人睹木之华,而树木者固未尝先溉其枝叶,而先溉其根;丹雘绀碧③,人睹室之华,而治室者固未尝先营其榱栋④,而先营其基者。何也？所培在本也。良玉韫于石⑤,不待剖而山自润;明珠含于渊,不待摘而川自媚⑥;莫邪藏于匣⑦,不待操而精光自烁,人不可正睨者⑧。何也？有本在焉,其用自不可秘也。

而输代文士⑨,未窥厥本⑩,呶呶焉日私其土苴而诧于人⑪。单辞偶合,辄气志凌厉;片语会意,辄傲睨千古。谓左、屈以外⑫,别无人品;词章以外,别无学问。是故长

---

① 葆:通"保",保全。 ② 弢(tāo 滔):隐藏,遮蔽。 ③ 丹雘(huò 惑):赤石脂,可作颜料。古代用来涂饰宫室。绀:深青带红的颜色。 ④ 榱(cuī 崔):椽子,也名榱桷。 ⑤ 韫(yùn 运):蕴藏,包含。 ⑥ 摘:选取。 ⑦ 莫邪(yé 爷):古代宝剑名。 ⑧ 正睨:正眼看。睨,斜视。 ⑨ 挽(wǎn 晚):通"晚"。 ⑩ 厥(jué 决):代词,那个,他的。 ⑪ 呶(náo 挠)呶:形容说话唠唠叨叨,令人讨厌。土苴(jū 居):泥土和枯草,比喻微贱的事物。诧:夸耀。 ⑫ 左、屈:左丘明、屈原。

卿摛藻于《上林》①,而聆窃赀之行者汗颊矣②。子云苦心于《太玄》③,而诵《美新》之辞者靦颜矣④。正平弄笔于《鹦鹉》⑤,而诵江夏之厄者扪舌矣⑥。杨修斗捷于色

① 长卿:汉代辞赋家司马相如,字长卿。善于写辞赋,曾作《子虚》、《上林》、《大人》等赋,以讽喻为名,极写皇帝打猎和观赏歌舞时的盛况,华丽雕琢,铺张扬厉。摛(chī吃)藻:铺陈词藻。 ② 窃赀之行:骗取钱财的行为。赀,通"资",钱财。《史记·司马相如传》中记载,司马相如早年在四川时,与临邛富商卓王孙的女儿卓文君私奔成都,后因贫穷所迫返回临邛卖酒,文君当垆。卓王孙以为耻辱,于是分了财产给相如和文君,让他们再回成都。 ③ 子云:汉代扬雄,字子云,著有《太玄经》、《法言》、《方言》等书,以及《甘泉》、《羽猎》、《长扬》等赋。 ④《美新》:扬雄所著,全名为《剧秦美新》,文章中指责秦的暴虐,赞美西汉末年王莽的新朝。靦(tiǎn舔)颜:惭愧的样子。 ⑤ "正平"句:正平,祢衡,字正平,东汉人。他恃才气傲,不为曹操、刘表所容,后来被江夏太守黄祖杀害。《鹦鹉》:赋名,祢衡所作。在章陵太守黄射的宴会上,有人献鹦鹉,黄射命祢衡以此作赋,以娱嘉宾,祢衡挥笔而就,辞采华丽。 ⑥ 扪(mén门)舌:握住舌头不再说话。

丝①，而悲舐犊之语者惊魄矣。康乐吐奇于春草②，而耳其叛逆之谋者秒谭矣。下逮卢、骆、王、杨③，亦皆用以负俗而贾祸，此岂其才之不赡哉④？本不立也。本不立者，何也？其器诚狭，其识诚卑也。故君子者，口不言文艺，而先植其本。凝神而敛志，回光而内鉴⑤，锷敛而藏声。

①"杨修"句：杨修，东汉末年文学家，好学能文，足智多谋，曾任丞相曹操的主簿，后被曹操杀害。传说曹操与杨修经过曹娥碑，见碑后题有"黄绢幼妇外孙齑臼"八字。杨修立刻想到："黄绢，色丝也，于字为绝。幼妇，少女也，于字为妙。外孙，女子也，于字为好。齑臼，受辛也，于字为辞。所谓绝妙好辞也。"而曹操又行三十里才悟出来，于是曹操自叹才思不如杨修。典出《世说新语·捷悟》，因曹植失宠，曹操又嫉妒杨修的才能，借故杀了杨修。后来曹操遇到杨修的父亲杨彪，曹操问他为什么瘦得很厉害，杨彪说："犹怀老牛舐犊之爱"，曹操听了，神色大变（事见《后汉书·杨震列传附杨彪》）。 ②"康乐"句：康乐，南朝宋诗人谢灵运。袭封康乐公，世人称之为谢康乐。后任职临川内史，因反叛罪被处死。他写的《登池上楼》一诗中，有"池塘生春草，园柳变鸣禽"二句，是历代传颂的著名诗句。谭：同"谈"。 ③逮：及，到。卢、骆、王、杨：指唐初四杰，以诗文著称于世。卢照邻，投颍水自杀；骆宾王，随徐敬业反叛武则天，兵败后下落不明；王勃，二十八岁渡南海落水而死；杨炯，任盈川令时卒。 ④赡：丰富。 ⑤鉴：光明。

其器若万斛之舟①，无所不载也；若乔岳之屹立②，莫撼莫震也；若大海之吐纳百川，弗涸弗盈也。其识若登泰巅而瞭远，尺寸千里也；若镜明水止，纤芥眉须，无留形也；若龟卜蓍筮③，今古得失，凶吉修短，无遗策也。故方其韬光养嘿④，退然不胜，如田畯野夫之胸无一能⑤。而比其不得已而鸣⑥，则矢口皆经济⑦，吐咳成谟谋⑧；振球琅之声⑨，炳龙虎之文；星日比光，天壤不朽。岂比夫操觚属辞⑩，矜骈丽而夸月露，拟之涂糈土羹⑪，无裨缓急之用者哉⑫！

① 斛(hù 户)：古代量器名。也是容量单位，十斗为一斛，南宋末年改为五斗为一斛。 ② 乔岳：高大的山。乔，高大。 ③ 龟卜蓍筮(shī shì 诗氏)：古代用龟甲或蓍草占卜，预测吉凶。蓍，草名。 ④ 韬光：藏匿光彩，藏才不露。嘿(mò 默)：同"默"，闭口不说话。 ⑤ 田畯：古代田官。后来也指农民。 ⑥ 比：及，等到。 ⑦ 矢口：直言。 ⑧ 吐咳：喻指随便说的话。谟：计谋，谋略。 ⑨ 球琅：此指玉磬。球，美玉。琅，琅玕，形状似珠的美玉。 ⑩ 操觚(gū 姑)：古代用来写字的木简。属(zhǔ 主)辞：指写作。 ⑪ 涂：泥土。糈(xǔ 栩)：米饭。 ⑫ 缓急：指危急的事，缓字无实义。裨(bì 臂)：弥补，补助。

盖昔者咎、禹、尹、虺、召、毕之徒①，皆备明圣显懿之德，其器识深沉浑厚，莫可涯涘。而乃今读其训、诰、谟、典、诗歌②，抑何尔雅闳伟哉③！千古而下，端拜颂哦，不敢以文人目之，而亦争推为万世文章之祖。则吾所谓其本立，其用自不可秘者也。譬之麟之仁，凤之德，日为陆离炳焕之文④，是为天下瑞。而长卿以下，有意耀其才者，何异山鸡而凤毛，犬羊而麟趾，人反异而逐之，而或以贾衅⑤，乌睹其文乎！信乎器识文艺，表里相须，而器识狷薄者，即文艺并失之矣。虽然，器识先矣，而识尤要焉。盖识不宏远者，其器必且浮浅；而包罗一世之襟度，固赖有昭晰六合之识见也⑥。大其识者宜何如？曰：豁

---

① 咎（gāo高）：通"皋"，皋陶，舜的臣，掌管刑狱。《尚书·皋陶谟》，写的是皋陶向帝舜陈述计谋。禹：大禹。《尚书·大禹谟》，写的是禹向帝舜陈述治水的业绩。尹：伊尹，商汤的贤相。据《尚书序》记载，今传《尚书》中的《汤誓》、《伊训》、《太甲》等篇是伊尹所作。虺（huǐ悔）：仲虺，商汤的左相。《尚书》中有《仲虺之诰》篇。召（shào绍）：召公，姓姬，名奭，周武王的臣下，其言论载于《尚书·召诰》。毕：毕公高，周文王第十五子。康王时，命毕公高治理东郊，相传作《尚书·毕命》篇。　② 训、诰、谟、典：《尚书》中的一些篇的省称。诗歌：指《诗经》。　③ 抑：句首语助词，无义。尔雅：雅正的意思。　④ 陆离：光彩斑斓、绚丽。　⑤ 贾（gǔ估）衅：招惹灾祸。贾，招引，招惹。　⑥ 六合：指天地四方。

之以致知,养之以无欲,其庶乎!此又足以补行俭未发之意也①。

【翻译】

　　士人要力戒有意炫耀自己的才能,因为还有发挥才能的根本存在。有意炫耀自己的才能,那就不用说他的根本已经断绝而神气外泄,而且他的才能也是拘谨短促的,对于社会没有一丝一毫用处。只有杜绝机巧,保住纯真,安定在深沉的寂寞之中,即使自己掩藏自己的才能,终究不能不显露出来。因为他的根基得以建立,他的作用自然不能不表现出来。花朵繁茂,人们看见树木的华美,而种树的人,本来不曾先浇溉树的枝叶,而是先浇溉树的根。宫室涂着红青绿碧各种颜色,人们看见了宫室的华美,然而建筑宫室的人,本来不曾先安放宫室的椽子栋梁,而是先修筑宫室的地基。为什么呢?因为培植的首要是在于根本啊。美玉藏在石头中,不必等到剖开而山自然润泽;明珠藏在深水里,不必等到摘取而水自然明媚;莫邪藏在剑匣里,不必等到拿在手中而光

---

　　① 补行俭未发之意:行俭:裴行俭,唐初大臣。"士之致远,先器识而后文艺",最早出自裴行俭对唐初四杰王勃、杨炯等人的评价(见《新唐书·裴行俭传》)。袁宗道在本文中进一步阐述了这一观点。

芒自然闪烁，使人不能正目而视。为什么呢？有事物的根本属性存在其中，它的作用，自然不可能被隐蔽起来了。

  然而晚代文人，没有看到事物的根本，整日唠唠叨叨，把自己那些像泥土枯草一样的货色，在别人面前夸耀。某个文词偶然和古人的相合，就志高气扬自以为了不起；某些语句，与古人的意思相通，就傲视千古。说什么除了左丘明、屈原以外，别无人才；除了诗词文章以外，别无学问。因此，司马相如在《上林赋》中铺张词藻，然而听到他骗取钱财的行径的人，要为他羞愧。扬雄苦心创作了《太玄经》，而读了《剧秦美新》的人，却要为他脸红。祢衡在《鹦鹉赋》中卖弄文采，可是读到他在江夏不幸遭遇的人，都说不出话来。杨修与曹操在曹娥碑下较量才思敏捷，终于被曹操杀了，听到其父杨彪对儿子思念的话，人都胆战心惊。谢灵运在"池塘生春草"的诗句中表现出奇才，可是听说他谋划反叛的人，都不屑谈起他。下至卢照邻、骆宾王、王勃、杨炯，也都是因为刚愎自用，不能适应于世俗而招惹灾祸。以上所说，难道是他们才华不足吗？是因为根基没立起来。根基没立起来又是什么原因呢？他们的器度实在太狭小了，他们的见识实在太低下了。因此，君子口头不谈论文艺，而先树立根基。凝定精神，敛藏志气，回转光采照亮内心，收敛锋芒隐藏名声。其器度像可以容纳万斛的大船，没有什么不能装载的；像高大的山岳巍然屹立，不可摇撼不可震动；像大海吐纳千百条河川，不会干涸，不会盈溢。其学识，像登上泰山极顶瞭望远方，所见近在咫尺，其实是千里之遥；像明亮如镜的水面，眉毛胡须等极细微的事物，无不清清楚楚；像用龟甲蓍草占卜，现在过去，或得或失，或吉或凶，寿命或长或短，没有遗漏失算的。因此，当自己把才华掩藏起来默默地修养，作出任何事都不能担任的逊退样子，像农夫一样胸中没有一点才能。然而等到不得已时方表现他的才能，于是一开口都是经世济民的高论，随便说的话，都成了计策谋略；响着玉磬般的声音，显耀着龙虎般的光彩；像星星太阳一样光亮，像天地一样永垂不朽。怎么能像那些拿着写字竹板写文章的人一样，以词藻工整华丽而自负，以写花月雨露而夸耀，好像泥土作的饭菜，对危急的事没有任何补益作用呢！

从前皋陶氏、大禹、伊尹、仲虺、召公、毕公高这些人，都具备了圣明美好的品德，他们的器度见识深沉浑厚，测不到边际。而且如今读《尚书》中的《训》《诰》《谟》《典》及《诗经》，文词是何等雅正、内容是何等深广宏大啊！从古至今，被人们尊崇颂赞，虽然不敢把他们作文人看待，然而争相推崇他们为万世文章的开创者。这就是我所说的根基树立了，所起的作用自然是不可掩盖的。譬如，麒麟的仁爱，凤凰的美德，整日显现着斑斓光亮的文采，这是天下吉祥的征兆。然而司马相如以及后来一些有意炫耀才能的人，与山鸡长着凤凰羽毛、犬羊长着麒麟脚没有什么不同，人们反而觉得怪异而赶走它们，或者因此而招惹灾祸，哪里还观察那些文采呢？的确器度学识和文艺的关系，如表和里互相依附，如果器度和学识拘谨浅薄的人，那么与它相依附的文艺也就一同失去了。虽然器度学识占首要地位，然而学识尤其重要。凡是学识不宏大博远的人，他的器度必然浮浅无根基；而包罗世界的博大器度，一定要依赖能把天地四方看得清清楚楚的学识见解。应该怎么样扩大自己的学识呢，答案是：开阔自己的知识使无所不知，修养自己使没有欲念，这大概就差不多了！以上又可以补充裴行俭没发挥的意思了。

过 黄 河

这首五言古诗记述了作者赴京任职途经黄河的经过。渡河的惊险,家人的恐惧,作者本人的镇定自若,都刻画得十分生动传神。结尾说官场的风波远比黄河的骇浪险恶,更是画龙点睛之笔。

飞盖霁色新①,爽气来青嶂②。行行见洪河③,洪河

---

① 盖:本指古代车上的车盖,此处指旅行所乘的骡马车。霁:雨过天晴。 ② 嶂:形如屏障的山峰。 ③ 行行:不停地走。洪河:水势浩大的河流,此指黄河。

流汤汤①。津吏向我言②,夜雨添新涨。一叶凌浩渺③,沸波溅其上。鼓棹度中流④,东西迷所向。雷车争砰磕⑤,雪屋互排荡⑥。儿女色如土,老夫神犹王⑦。自矢管公诚⑧,岂忧蔡姬荡⑨。篙师若有神⑩,布帆遂无恙。三老顾何能⑪,呵护赖神贶⑫。腐儒一寸心⑬,幸哉天吴谅⑭。剌剌抚儿女⑮,无庸太惆怅⑯。宦海多风涛⑰,绝胜洪河浪⑱。

---

① 汤(shāng 商)汤:大水急流的样子。 ② 津吏:管理渡口的小官吏。 ③ 一叶:代指小船。 ④ 棹(zhào 赵):船桨。鼓棹:摇动船桨。 ⑤ 雷车:形容涛声很大,像雷神的车轮滚动。古代神话传说,女鬼阿香推车发出雷声。砰磕(pēng hōng 烹轰):或作砰訇。象声词,形容涛声宏大。 ⑥ 雪屋:形容浪涛高大像白屋。 ⑦ 王:同"旺",旺盛。 ⑧ 自矢管公诚:自信像管仲那样心诚。典出《庄子·达生》。齐桓公在郊外打猎,管仲驾车。桓公见鬼物,十分害怕,询问管仲看见没有,管仲回答没看见,并劝慰齐桓公。矢:通"誓"。 ⑨ 蔡姬:典出《左传·僖公三年》。蔡姬是春秋时齐侯的夫人,一天齐侯与蔡姬在池中泛舟游玩,蔡姬故意摇动小船,惊吓齐侯,齐侯制止而不听,于是齐侯把蔡姬遣回蔡国。 ⑩ 篙师:撑船的老手。 ⑪ 三老:古代船工的代称。 ⑫ 呵护:庇护,保佑。贶(kuàng 况):加惠,指给以保佑。 ⑬ 腐儒:作者自称的谦词。 ⑭ 天吴:古代神话中的水神。 ⑮ 剌剌(là là 腊腊):象声词,形容不停地唠唠叨叨。 ⑯ 无庸:不用。 ⑰ 宦海:指官场。 ⑱ 绝胜:完全超过。

【翻译】

　　车子飞驰雨过天晴朗,
　　高高青山风送爽。
　　前行来到黄河边,
　　奔流的黄河水浩荡。
　　渡口官吏对我言,
　　昨夜雨大洪水涨。
　　小船漂荡水浩渺,
　　波涛汹涌溅船上。
　　紧摇船桨过中流,
　　忽东忽西迷航向。
　　涛声轰鸣如惊雷,
　　白浪连天船摇荡。
　　儿女惊得面如土,
　　老夫镇定精神旺。
　　誓像管仲有诚心,
　　哪怕蔡姬把船晃。
　　船夫就像有神力,
　　帆船终于安无恙。
　　船工本领在哪里,
　　神明护佑靠祈禳。
　　迂腐书生一片心,

幸有水神来体谅。
抚慰儿女声不停,
不必恐惶莫悲伤。
官场风波险恶多,
赛过黄河滔滔浪。

咏　怀

陶潜一生清贫,而白居易生活优裕。作者拿他们作了鲜明的对比,并自抒胸怀,认为自己"将处陶、白间"。其理想虽然格调平庸,但是所流露的感情是坦率真实的。

矫矫陶彭泽①,飘飘赋归田②。六月北窗下③,五柳

---

① 矫矫:超俗不群的样子。陶彭泽:指陶潜(字渊明)。东晋诗人。曾作过彭泽县令,不久便辞官归隐。 ② 归田:指辞官务农。"赋归田"指陶潜写了《归田园居》和《归去来兮辞》等诗赋。 ③ 六月北窗下:语出陶潜《与子俨等疏》"五六月中,北窗下卧。遇凉风暂至,自谓是羲皇上人"。

衡门前①。有巾将漉酒②,有琴慵上弦③。老死无储粟,扣门语可怜④。亦有白居士⑤,分司饶俸钱⑥。既卜洛中宅⑦,常开花下筵。侍儿蛮素姣⑧,宾客韦刘贤⑨。杨枝歌子夜⑩,霓裳舞春烟⑪。伊余慕古人⑫,冉冉迫中年⑬。跼蹐忽已久⑭,未得一日欢。幸有祖父庐,兼之江郭田⑮。虽缺声伎奉⑯,不乏腐儒餐。为白非所望,为陶谅

---

① 五柳:陶潜著有《五柳先生传》,被看作他本人经历的"实录",其中有"宅边有五柳树,因以为号焉"的话。衡门:横木为门,指简陋的房屋。 ② 漉(lù鹿)酒:酿酒时用布滤去米糟。 ③ 慵:懒。 ④ 扣门语可怜:陶潜在《乞食》诗中,有"行行至斯里。扣门拙言词"的诗句。 ⑤ 白居士:唐代诗人白居易,晚年自号香山居士。 ⑥ 分司:唐代建都长安(今陕西西安),以洛阳为东都,分在东都任职的官员称"分司"。白居易晚年分司在东都洛阳。 ⑦ 卜:卜居。本义是用占卜选定居住的地方,后来泛指择地定居。 ⑧ 蛮、素:指白居易的两个侍女小蛮和樊素。 ⑨ 韦、刘:指唐代文学家韦应物与刘禹锡。但白居易晚年分司东都洛阳时,韦应物已去世。此处疑为作者有意牵合。 ⑩ 杨枝:指白居易作的《杨柳枝词》。子夜:子夜歌,乐府曲名。 ⑪ 霓裳:《霓裳羽衣曲》的省称,唐代乐曲名,常伴以舞。《旧唐书·白居易传》:"酒酣琴罢。又命乐童登中岛亭,合奏《霓裳散曲》,声随风飘,或凝或散,悠扬于竹烟波月之际者久之。" ⑫ 伊:发语词。 ⑬ 冉冉:渐渐,渐进。 ⑭ 跼蹐(jú jí局急):本指小心畏惧的样子,这里指生活窘迫不得志。跼:弯着腰。蹐:轻步走。 ⑮ 江郭:江边。郭,指周边。 ⑯ 声伎:指宫廷或贵族家中的歌舞艺人。

难堪。揣分得所处①,将处陶白间。

【翻译】

　　超逸不群有彭泽令陶潜,
　　飘然辞官写下《归田》。
　　暑天闲睡在北窗下,
　　五棵柳树栽在破房前。
　　摘下头巾来滤酒,
　　有琴不弹懒上弦。
　　到老不存半斗米,
　　扣门向人乞食实在可怜。
　　又有香山白居士,
　　分司东都多俸钱。
　　洛阳城中建新宅,
　　常日花下摆盛筵。
　　侍女小蛮、樊素都娇美,
　　宾客韦、刘二位是诗贤。
　　唱罢《杨枝》歌《子夜》,
　　春烟中《霓裳羽衣》舞翩翩。

----

　　① 揣分(fèn奋):揣量自己的分际。分,指合适的界限、分寸。

我仰慕古圣先贤，

岁月悠悠已近中年。

困顿窘迫过半生，

没有一日心情宽。

幸有祖父留下的庐舍，

还有江边一片田。

虽少歌舞美伎来侍奉，

却还不缺无能书生的每日三餐。

学做白居易自然没指望，

学做陶潜也实在太难堪。

揣量一下分际就知道应处的位置，

我将处于陶潜、白居易二者之间。

携尊江上（二首）

《携尊江上》共二首，诗中以白描的手法，勾画了泛舟江上所见到的富有特色的风光。

其 一

郭外同君去①，清尊对水涯②。

寒潮鸣小径，积雪耀平沙。

小艇乘流急，人家逐岸斜。

流连归路晚③，高柳乱啼鸦。

---

① 郭外：城外。郭，指外城。 ② 尊：同"樽"、"罇"，盛酒器。这里代指酒。 ③ 流连：依恋不舍。

【翻译】

和你到郊外泛起轻舟,

面对江岸举起一杯清酒。

寒冷的潮声传过荒僻的小路,

堆积的白雪映着平坦的沙丘。

小船趁着急流行得飞快,

农舍像追着曲岸倾斜向后。

留恋江上美景归来天已晚,

高柳上的乌鸦正竞斗歌喉。

其 二

一到江湖上,浮生事事轻①。

寒烟迷古渡②,白浪抱荒城。

两岸花争发,中流鸟不惊。

扁舟如可问③,一任五湖行④。

---

① 浮生:指人生。《庄子·刻意》:"其生若浮,其死若休",道家认为人生在世,虚浮无定。后来指人生为"浮生"。
② 迷:分辨不清。 ③ 扁(piān 偏)舟:小船。也作"偏舟"。
④ 一任:任凭。五湖行:意思是在水上四处浮游。

【翻译】

一旦到江上泛起轻舟,

人生的万般烦恼都看轻。

寒烟迷漫了古老的渡口,

白浪环绕着偏僻的小城。

两岸的繁花争奇斗艳,

江中的飞鸟悠闲不惊。

若问一叶扁舟游向何处?

任凭它在水中四处漂行。

袁宏道

虎　　丘

本文作于万历二十四年。作者极力渲染了中秋时节苏州人游览虎丘的盛况。其中中秋之夜，游人"歌喉相斗"，赛唱吴歌的风俗画面的描绘，尤为精采。语言自然欢快，富于节奏感。

虎丘去城可七八里①，其山无高岩邃壑②，独以近城故，箫鼓楼船，无日无之。凡月之夜，花之晨，雪之夕，游人往来，纷错如织。而中秋为尤胜。每至是日，倾城阖

---

① 虎丘：山名，是苏州名胜之一。春秋时吴王夫差葬其父阖闾于此。传说葬后三日，有白虎坐在上面，因此名"虎丘"。一说"丘如蹲虎。以形名"。可：大约。　② 邃（suì 遂）壑：幽深的山谷。

户①,连臂而至,衣冠士女②,下迨蔀屋③,莫不靓妆丽服④,重茵累席⑤,置酒交衢间⑥。从千人石上至山门⑦,栉比如鳞⑧,檀板丘积⑨,樽罍云泻⑩,远而望之,如雁落平沙,霞铺江上,雷辊电霍⑪,无得而状⑫。

布席之初,唱者千百,声若聚蚊,不可辨识。分曹部署⑬,竞以歌喉相斗,雅俗既陈,妍媸自别⑭,未几而摇头顿足者,得数十人而已。已而明月浮空,石光如练,一切瓦釜⑮,寂然停声,属而和者⑯,才三四辈。一箫,一寸管,一人缓板而歌,竹肉相发⑰,清声亮彻,听者魂销。比

---

① 阖户:合家、全家。阖,通"合"。 ② 衣冠士女:指上层社会的男男女女。衣冠:古代指士大夫的穿戴,此处指代官绅。 ③ 迨(dài代):到,及。蔀(bù部)屋:用草席盖顶的房屋。此处代指贫民。 ④ 靓(liàng亮)妆:妆饰美丽。 ⑤ 茵:褥子,垫子。 ⑥ 衢:大道。 ⑦ 千人石:虎丘山的巨石名,又称生公石。相传南朝宋时的高僧竺道生(人称生公)在石上讲法,听者千人,因此得名。山门:佛寺的外门。 ⑧ 栉(zhì志)比:像梳子排齿一样紧挨着。栉,梳篦。 ⑨ 檀板:唱歌时用来打节拍的拍板,多用檀木制成。 ⑩ 樽罍(léi雷):盛酒器。 ⑪ 雷辊(gǔn滚):指雷的轰鸣声。辊,本指车轮的滚动声。霍:指闪电的光亮。 ⑫ 状:描述。 ⑬ 分曹:分组。 ⑭ 妍媸(chī吃):美丑。 ⑮ 瓦釜:用土烧制的乐器。这里指杂乱的声音。语出《楚辞·卜居》:"黄钟毁弃,瓦釜雷鸣。"黄钟:乐器名。 ⑯ 属(zhǔ主):跟着,附和着。 ⑰ 竹肉:指箫管与歌喉。

至夜深①,月影横斜,荇藻凌乱②,则箫板亦不复用。一夫登场,四座屏息。音若细发,响彻云际,每度一字③,几尽一刻。飞鸟为之徘徊,壮士听而下泪矣。

剑泉深不可测④,飞岩如削。千顷云得天池诸山作案⑤,峦壑竞秀,最可觞客⑥。但过午则日光射人,不堪久坐耳。文昌阁亦佳,晚树尤可观。而北为平远堂旧址,空旷无际,仅虞山一点在望⑦。堂废已久,余与江进之谋所以复之⑧,欲祠韦苏州、白乐天诸公于其中⑨,而病寻作⑩。余既乞归,恐进之之兴亦阑矣。山川兴废,信有时哉! 吏吴两载,登虎丘者六。最后与江进之、方子公同登⑪,迟月生公石上⑫,歌者闻令来,皆避匿去。余

---

① 比:等,到。　② 荇藻:两种水草名。这里指月光下交错杂乱的树影。　③ 度:按曲谱歌唱。　④ 剑泉:一名剑池。虎丘胜景之一。池水幽深清碧,两岸峭壁如削。　⑤ 千顷云:虎丘寺方丈前的厅堂名。天池:天池山。在江苏吴县藏书乡,因山腰有池,横浸山腹,因此得名天池山。　⑥ 觞(shāng伤)客:以酒待客。觞,本指盛有酒的酒杯。　⑦ 虞山:在江苏常熟西北,相传周文王的伯父虞仲葬在此地,因此得名。　⑧ 江进之:江盈科,字进之,号渌萝山人,湖南桃源人。万历进士,曾任长州县令。与袁宏道交往甚密。　⑨ 韦苏州:唐代诗人韦应物,曾任苏州刺史。白乐天:唐代诗人白居易,字乐天。曾任苏州刺史。　⑩ 寻:时间副词,不久。　⑪ 方子公:方文僎,字子公。跟随袁宏道十余年,为其料理笔墨。　⑫ 迟(zhì至):等待。

因谓进之曰:"甚矣,乌纱之横,皂隶之俗哉①!他日去官,有不听曲此石上者,如月②!"今余幸得解官,称吴客矣,虎丘之月,不知尚识余言否耶③?

【翻译】

　　虎丘离城大约七八里,这座山没有高峻的山岩和幽深的峡谷,只是因为靠近城市,所以吹奏着音乐的游船,没有一天不到这儿。凡是月明的夜里,花季的早晨,雪天的傍晚,游人来来往往,纷纭错杂犹如穿梭,而中秋节最为热闹。每到这一天,全城家家户户,挽着手臂而来。官宦人家的公子小姐,下至平民百姓,无不妆饰华美服装艳丽,迭次重复地铺设坐席,把酒肴摆在交错的大道边。从千人石直上山门,像梳齿鱼鳞一般密密地排列着,檀板响起的地方游人聚集如山,酒浆像云一般倾泻。远远望去,就像大雁落在平坦的沙滩,彩霞铺满江面,又像电闪雷鸣,简直无法描绘。

　　刚开始布设席位时,唱歌的人成百上千,声音像聚集的蚊子一样嘈杂,无法辨别清楚。等到分组安排之

---

①皂隶:衙门的差役。　②有不听曲此石上者,如月:这是发誓的话,表示如果违背誓言听凭月亮惩罚。"有如"是古人誓词中的惯用语,此处把"有如"拆开来用。　③识(zhì志):记得。

后，大家就争着比赛歌喉，高雅的、俚俗的曲调都陈献出来，美与丑自然区分开了。不多时，摇头跺脚打着节拍唱歌的，就只有几十个人了。过了一会儿，明月悬在高空，映在石上的月光，犹如洁白的绸绢，所有杂乱的歌乐，都静静地停了下来，随着音乐唱和的，只有三四个人了。一支箫，一支短笛，一个人慢慢地打着檀板唱着，箫笛声伴着歌声，清脆嘹亮，使倾听的人魂销神往。等到了夜深的时候，月亮西斜，树影散乱，于是连箫板也不再用，一人登场，四周的人都屏住声息。歌声尖细，响彻云宵，每唱一字，几乎拖长一刻钟之久。飞鸟为之低徊盘旋，壮士感动得流下眼泪。

剑泉深得无法测量，两岸陡峭的山岩像刀斧削成一般。千顷云有天池的那些山峰作几案，山峦峡谷竞展秀色，是请客饮酒的好地方。只是过了中午便阳光晒人，不能久坐了。文昌阁也很美，傍晚树的景色更为迷人。朝北是平远堂旧址，空旷无边，只有虞山一点遥遥在望。平远堂已经荒废很久了，我与江进之商量过修复它的办法，准备在堂内供奉韦苏州、白乐天诸位先生，但是我不久就病了。现在我已经辞去官职，恐怕进之的兴致也没有了。山川的兴旺和荒废，确实有时运呵！我在吴县任官两年，登虎丘六次。最后一次与江进之、方子公一起登山，坐在生公石上等候月出，唱歌的人听说县令到来，都躲开了。我因此对进之说:"官吏的横行,差役的粗俗,太过分了!以后不作官了,如果不在这石上听歌,任凭月神惩罚!"如今我有幸辞了官,是客居吴县的百姓了,虎丘的月亮,不知还记得我的话吗?

灵　岩

　　本文作于万历二十四年六月。作者着重记述了吴王夫差和西施的遗迹。其中"响屧廊"对西施的描写，以及僧人的"瞪目不知所谓"，仆人的"徘徊色动"的戏谑文笔，都惟妙惟肖。结尾对"女色祸国"传统偏见的议论，使文章寓意更为深远。

　　灵岩一名砚石①，《越绝书》云②："吴人于砚石山作

---

　　① 灵岩：山名。在今江苏吴县木渎镇西北。山上有奇石。状似灵芝，因此得名。山石深紫，可制砚。又名砚石山。山上有灵岩寺、灵岩塔、响屧廊、吴王井、西施洞、琴台等古迹。
　　②《越绝书》：杂史著作。东汉袁康撰。内容与《吴越春秋》相近，记述了春秋时，越国的历史地理及著名人物的活动。

馆娃宫①。"即其处也。山腰有吴王井二②：一圆井，日池也；一八角井，月池也。周遭石光如镜，细腻无驳蚀，有泉常清，莹晶可爱，所谓银床素绠③，已不知化为何物。其间挈军持瓶钵而至者④，仅仅一二山僧，出没于衰草寒烟之中而已矣。悲哉！有池曰砚池，旱岁不竭。或曰即翫华池也⑤。

登琴台⑥，见太湖诸山，如百千螺髻，出没银涛中，亦区内绝景。山上旧有响屟廊⑦，盈谷皆松，而廊下松最盛，每冲飚至⑧，声若飞涛。余笑谓僧曰："此美人环珮钗

① 馆娃宫：古代宫名。春秋时期吴王夫差为西施所建，相传灵岩寺及其花园一带是馆娃宫的遗址。② 吴王井：灵岩山上古井名。相传西施常临井梳妆。③ 银床素绠：指银饰的井栏和白色的井绳。《晋书·乐志下》记载古乐府《淮南王篇》有"后园凿井银作床，金瓶素绠汲寒浆"的句子。④ 军持：梵语，或称"君迟""捃雅迦"。意为净瓶或者澡瓶，僧人游方时，随身携带用来贮水。⑤ 翫华池：灵岩山池名。相传是吴王夫差与西施赏荷花的地方。翫华，音义同"玩花"。⑥ 琴台：灵岩山上台名。相传是吴王与西施弹琴之处。⑦ 响屟（xiè 泄）廊：古代廊名。遗址在灵岩寺园照塔前。相传凿空廊下的地，将大瓮铺平，上盖厚板，西施与宫人行走于上，铮铮有声，因此得名。屟，木底鞋。⑧ 冲飚（biāo 彪）：狂风。

钏声①,若受具戒乎②? 宜避去。"僧瞠目不知所谓。石上有西施履迹③,余命小奚以袖拂之④,奚皆徘徊色动。碧縡缃钩⑤,宛然石发中⑥,虽复铁石作肝,能不魂销心死? 色之于人甚矣哉⑦! 山仄有西施洞⑧,洞中石貌甚粗丑,不免唐突。或云:石室吴王所以囚范蠡也⑨。僧为余言,其下洼处,为东西画船湖,吴王与西施泛舟之所。采香径在山前十里⑩,望之若在山足,其直如箭,吴宫美人种香处也。山下有石可为砚,其色深紫,佳者殆不减

---

① 环珮:古代妇女衣带上所系的玉饰。钗:头饰。钏:手镯。 ② 若:你。具戒:佛教语,即"具足戒",或称"大戒"。是佛教中戒品最充足的一种戒律。出家人依戒法规定受戒,方可取得正式僧尼资格。 ③ 西施:春秋时越国美女。越王勾践献给吴王夫差,诱使吴王迷恋女色,不理国事。 ④ 小奚:年轻的奴仆。奚,通作"傒"。 ⑤ 碧縡(yì 义)缃钩:指深绿色的丝绦,浅黄色的鞋钩。縡,古代装饰鞋子的丝带。钩,古代鞋头上的装饰物,可穿结鞋带。 ⑥ 石发:苔藻类。 ⑦ 色:此指女色。 ⑧ 仄(zè 侧):通"侧",旁边。 ⑨ 范蠡(lǐ 礼):春秋时越国大夫。越国被吴国打败后,曾被囚禁在吴国两年。回国后帮助越王灭吴。 ⑩ 采香径:在灵岩山前,俗名箭河。相传吴王命宫女在此采香草,因此得名。

歙溪①。米氏《砚史》云②："矀村石理粗③,发墨不糁④。"即此石也。山之得名,盖以此,然在今搜伐殆尽⑤,石亦无复佳者也。

嗟乎,山河绵邈⑥,粉黛若新⑦。椒华沉彩⑧,竟虚待月之帘;夸骨埋香⑨,谁作双鸾之雾⑩?既已化为灰尘白杨青草矣。百世之后,幽人逸士犹伤心寂寞之香趺⑪,断肠虚无之画屦⑫,矧夫看花长洲之苑⑬,拥翠白玉之床

---

① 歙(shè 社)溪:在安徽歙县,以产美砚著名。 ②《砚史》:书名。宋代书法家米芾撰写。 ③ 矀(wò 沃)村:村名,在灵岩山下。《广韵》:"村名。在吴王旧城侧也。" ④ 糁(sǎn 伞):原指饭粒,泛指散粒。 ⑤ 伐:采集。 ⑥ 绵邈(miǎo 秒):久远。 ⑦ 粉黛:香粉和画眉用的黛墨,此处借指美女。 ⑧ 椒华沉彩:古代内宫用花椒和泥涂饰墙壁,取其温馨。此句指吴宫内华美的墙壁已经失去光彩。 ⑨ 夸骨埋香:指美女的尸骨埋在土中。夸:通"姱",此处指代美女。 ⑩ 双鸾之雾:鸾镜,此处指西施临井梳妆的吴王井。典出南宋范泰《鸾鸟诗序》,是说昔罽(jì 计)宾(汉代西域国名)王获一鸾鸟,甚爱之,"欲其鸣而不能致也"。他的夫人说:"尝闻鸟见其类而后鸣,何不悬镜以映之?"罽宾王依照夫人所说挂了一面镜子,"鸾睹形感契,慨然悲鸣,哀响中宵,一奋而绝。" ⑪ 幽人逸士:皆指隐居未仕的文人学士。香趺(fū 夫):女人脚背。 ⑫ 画屦:绣花鞋。 ⑬ 矧(shěn 审):况且。长洲之苑:即长洲苑,在今苏州市城南,相传为吴王夫差游乐之处。

者,其情景当何如哉?夫齐国有不嫁之姊妹①,仲父云无害霸②;蜀宫无倾国之美人③,刘禅竟为俘虏④。亡国之罪,岂独在色?向使库有湛卢之藏⑤,潮无鸱夷之恨⑥,越虽进百西施,何益哉!

【翻译】

　　灵岩又名砚石山,《越绝书》上说:"吴国人在砚石山修建了馆娃宫。"就是这个地方。山半腰有吴王井两眼:一眼圆形井,是日池;一眼八角形井,是月池。井四周的石头光洁如镜,石质细腻没有损蚀。泉水常年清澈,晶莹可爱,所传说的银饰井栏和白色井绳,已经不知变成什么了。提着瓶钵到这里来的人,仅仅是一两个山里的

---

① 齐国有不嫁之姊妹:齐桓公好色,亲戚姊妹中,因美貌而不使嫁人的有七人。　② 仲父:管仲,名夷吾,字仲。春秋时代的政治家,辅佐齐桓公成其霸业,被齐桓公尊称为"仲父"。　③ 倾国:原指国家覆灭。后指美人容貌绝代。　④ 刘禅:三国时代蜀汉后主,刘备之子,小字阿斗。继位后,初由丞相诸葛亮主政,诸葛亮死后,公元263年,魏伐蜀,刘禅降魏,被送往洛阳。　⑤ 向:假如。湛(zhàn占)卢:古代宝剑名。　⑥ 鸱(chī吃)夷之恨:吴王夫差不接受伍子胥伐越的建议,反而责难他。伍子胥拔剑自刎,死前说:"以悬吾目于东门,以见越之入,吴国之亡也。"吴王发怒,把他的尸体"盛以鸱夷,而投之于江"。事见《国语·吴语》。鸱夷,皮制的口袋。

和尚，在荒草寒烟之中时隐时现，可悲呵！还有一口池子叫砚池，遇上天旱的年岁也不干涸。有人说，这就是甄华池了。

　　登上琴台，只见太湖上的那些山峰，像成百上千的螺形发髻，在银色的波涛中似隐似现，这也是太湖的绝妙景观。山上原有响屧廊，这里遍山谷都是松树，而响屧廊下的松树最为茂盛，每当狂风吹来，松林中的响声，好像奔涛骇浪。我笑着对僧人说："这是美人环珮钗钏的声音，你受大戒了吗？应该离开这里。"山僧瞪着眼，不知道我说的是什么意思。石上有西施鞋印，我让年轻的仆人用衣袖拂去上面的尘土，仆人们面色激动地来回走着。碧绿的丝带，浅黄色的鞋钩，仿佛依然留在石上的苔藻之中，即使是铁石心肠，哪能不魂飞心迷呢？女色对人的诱惑太厉害了！山的一边有西施洞，洞中石头的形状粗劣丑陋，不免亵渎了美人。也有人说，这石室是吴王囚禁范蠡的地方。山僧对我说，下面低洼处，是东西画船湖，那是吴王和西施泛舟的所在。采香径在山前十里处，望去好像在山脚下，笔直似箭，是吴宫美人栽种香草的地方。山下有石，可以制作砚台，砚石成深紫色，成色好的，几乎不比歙溪砚差。宋代书法家米芾在《砚史》中说："蠖村的砚石纹理粗，易于发墨而不出现小颗粒。"就是说的这种石头。砚石山的得名，就是因为这个原因。然而如今差不多采集净尽,砚石再也没有成色好的了。

　　唉！山河经历了久远的年代,而美人遗迹却好像依然如新。吴宫的椒墙已失去往日的光彩,竟空有待月的竹帘;美人尸骨已埋入香冢,又有谁还设下雾般的鸾镜?这一切都已经化作灰尘、白杨和青草了。百世之后,幽人逸士还为寂寞的美人脚迹而感伤,为虚幻无稽的绣鞋而肠断,更何况赏花于长洲苑,拥翠被于白玉床的人,那种情景该是怎么样呢?齐国有不嫁的姊妹七人,管仲说不妨碍建立霸业;而蜀汉宫中无绝代美人,刘禅却竟然成了魏国的俘虏。亡国的罪过,难道只在于美色吗?假如使兵库内藏着精良的兵器,江潮中没有错杀忠良的遗憾,越国即使献上一百个西施那样的美女,又能有什么用呢!

西 湖 一

本文作于万历二十五年,是《西湖》一组游记的第一篇。作者以生动形象的比喻,描写了西湖的山色、花光、温风、水波。比喻生动清新而独具特色,文章充满了诗情画意。

从武林门而西①,望保叔塔②突兀层崖中,则已心飞

---

① 武林门:杭州城门名,或作钱塘门。 ② 保叔塔:即保俶塔。在杭州宝石山上。塔身挺秀,卓立山巅,未近西湖,保叔塔先入眼帘。旧时保叔塔与西湖上的雷峰塔南北对峙,称为西湖门户。

湖上也。午刻入昭庆①,茶毕,即棹小舟入湖②。山色如娥③,花光如颊,温风如酒,波纹如绫④,才一举头,已不觉目酣神醉。此时欲下一语描写不得,大约如东阿王梦中初遇洛神时也⑤。余游西湖始此,时万历丁酉⑥二月十四日也。

　　晚同子公渡净寺⑦,觅阿宾旧住僧房⑧。取道由六桥、岳坟、石径塘而归⑨。草草领略,未及遍赏。次早得陶石篑帖子,至十九日,石篑兄弟同学佛人王静虚至⑩,湖山好友,一时凑集矣。

---

　　① 午刻:指中午十二点。昭庆:昭庆寺,位于西湖之滨,保叔塔下。　② 棹(zhào 兆):划船。　③ 娥:此处指美女的秀眉。　④ 绫:一种细薄而有花纹的丝织品。　⑤ 东阿王:三国魏文学家曹植,字子建,曹操的第三子。三国魏太和三年徙封东阿王,后因封陈王,谥号思,也称陈思王。曾作《洛神赋》,赋中对洛神宓妃的姿容、装束和多情性格有精采的描写。　⑥ 万历丁酉:万历二十五年(1597)。　⑦ 子公:见前选《虎丘》注。净寺:净慈寺。在杭州南屏山慧日峰下。　⑧ 阿宾:袁中道。　⑨ 六桥:西湖苏堤上有六座桥,名为映波、锁澜、望山、压堤、束浦、跨虹。岳坟:是南宋抗金名将岳飞的墓。石径塘:即十锦塘,一名孙堤,在西湖断桥下。　⑩ 石篑兄弟:陶望龄及兄弟奭龄。王静虚:王赞化,陶氏兄弟的朋友。

【翻译】

　　从武林门向西走,看见保叔塔高高耸立在层层叠叠的山崖中。这时我的心早已飞到西湖上了。中午走进昭庆寺,喝完茶,就划着小船进入西湖。西湖山色像秀眉,花光像人面,温馨的春风像美酒,湖上的水波像彩绸。刚一抬头,已经不知不觉地陶醉沉迷了,这时候想用一句话描绘眼前的美景而想不出来,大概就像东阿王梦中刚刚遇见洛水的神女一样吧!我游西湖从这一天开始,时间是万历丁酉二十五年二月十四日。

　　傍晚和子公到净慈寺去,寻找阿宾过去住过的僧房。选择了从六桥,岳飞墓到石径塘的路线回来。草草领略了这一带的风光,还来不及一一观赏。第二天早晨,收到陶石篑的短信,到了十九日这天,石篑、石奭兄弟俩和佛人王静虚都来了,美丽的湖光山色和要好的朋友,一时间就都合聚在一块了。

西 湖 二①

袁宏道

本文是《西湖》游记的第二篇,在这篇游记中,作者围绕着西湖的"春"、"月",逐层点染。描写了梅花与杏桃争妍的奇观,苏堤的绿烟红雾,西湖游人的盛况,然后作者极力赞美了西湖傍晚和月夜的"花态柳情"与"山容水意",正显露了他富于个性的审美情趣。

西湖最盛,为春为月②。一日之盛,为朝烟,为夕岚。今岁春雪甚盛,梅花为寒所勒③,与杏桃相次开发,尤为

---

① 《西湖二》:吴郡本、小修本篇名为《晚游六桥待月记》。六桥即西湖苏堤上的六座桥,详见上篇注。 ② 此文是作者初春傍晚游六桥所记。 ③ 勒:逼迫。

奇观。石篑数为余言①：傅金吾园中梅②，张功甫家故物也③，急往观之。余时为桃花所恋，竟不忍去。湖上由断桥至苏堤一带④，绿烟红雾，弥漫二十余里。歌吹为风⑤，粉汗为雨，罗纨之盛⑥，多于堤畔之草，艳冶极矣。

然杭人游湖，止午、未、申三时⑦，其实湖光染翠之工，山岚设色之妙，皆在朝日始出，夕舂未下⑧，始极其浓媚。月景尤不可言，花态柳情，山容水意，别是一种趣味。此乐留与山僧游客受用，安可为俗士道哉！

① 石篑(kuì 愧)：陶望龄，字周望，号石篑。明万历进士，袁宏道的朋友。② 傅金吾：金吾，古代官名。傅氏，其人不详。③ 张功甫：张镃，字功甫，号约斋，南宋人。善画竹石古木。曾建玉照堂园林种梅花。此句一本作"张功甫玉照堂故物也"。④ 断桥：桥名，在杭州西湖白公堤上。苏堤：又称苏公堤。北宋文学家苏轼任杭州知州时(1089)主持建造，因此名苏堤。苏堤横截湖面，有六桥九亭，夹道种桃柳，俗谓"一株杨柳一株桃"。⑤ 歌吹(chuì 垂去声)：歌声与鼓乐声。吹，吹奏竽笙等乐器的活动，也指乐曲。⑥ 罗纨(wán 玩)：指穿罗纨的人。罗，丝织品。纨，细绢。⑦ 午、未、申：古代以地支纪时辰。午，指上午十一时至下午一时；未，指下午一时至三时；申，指下午三时至五时。⑧ 夕舂(chōng 充)：指太阳将落的时候。也即"下舂"。《淮南子·天文训》："日至于渊虞，是谓高舂，至于连石，是谓下舂。"高诱注：连石，西北山。言将欲冥，下象息舂，故曰下舂。

【翻译】

　　西湖景色最美的时候,是春天,是月夜。一天中最美的景色,是早晨的烟霞,是傍晚的雾霭。今年春天雪下得很大,梅花被寒冷所逼,与杏花桃花相继开放,更成了奇异的景观。石篑多次对我说:傅金吾园中的梅花,是南宋时张镃家中的故物,当速去观赏。我此时正爱恋着盛开的桃花,舍不得离开。西湖上由断桥到苏堤一带,柳绿如烟,花红似雾,弥漫二十余里。春风里处处是歌声鼓乐声,人丛中香汗如雨,穿着华丽衣服的游人,多于堤畔上的春草,真是艳丽妖冶极了。

　　但是杭州人游西湖,只在上午十一点到下午五点。其实,湖面波光被染上一层翠绿的精美景色,山间雾霭被映出五颜六色的奇妙意趣,全在旭日初升,夕阳未下的时候,才最为浓艳妩媚。月夜的景色,更是美得无法用言语表达。花的姿态,柳的情韵,山的姿容,水的意趣,别有一种趣味。这些乐趣只能留给山僧和游客享受,怎么能对世俗的人讲述呢!

雨后游六桥记①

本文作于万历二十五年。作者和友人们雨后游湖,以尽情的赏玩与落花作别,一反文人伤春的常套,格调别致。

寒食后雨②,予曰此雨为西湖洗红③,当急与桃花作别,勿滞也。午霁,偕诸友至第三桥,落花积地寸余,游人少,翻以为快。忽骑者白纨而过④,光晃衣,鲜丽倍常,诸友白其内者皆去表⑤。少倦,卧地上饮,以面受花,多

---

① 六桥:见第59页注⑨。 ② 寒食:是清明节的前一天,一说在清明节的第二天。古代风俗,从这天起三天不生火作饭。 ③ 洗红:指桃花被雨打落。 ④ 白纨:白色的绸衫。 ⑤ 表:外衣。

者浮①,少者歌,以为乐。偶艇子出花间②,呼之,乃寺僧载茶来者。各啜一杯③,荡舟浩歌而返。

【翻译】

　　寒食节过后下了雨,我说这场雨为西湖洗去红妆,应该快去与桃花作别,可不能延误了。中午时分雨过天晴,我偕同几位朋友来到苏堤第三座桥上,飘落的花瓣在地上积了一寸多厚,游人稀少,反而因此使人高兴。忽而有一个骑马的人穿着白色的绸衫,从我们身边经过,衣服亮光闪闪,比平常格外鲜明漂亮。穿了白色内衣的朋友也都脱去外衣。过了一会儿,稍有些倦意,大家就躺在地上喝酒,用自己的脸去接飘落的花瓣,脸上花瓣多的就喝满杯,花瓣少的就唱歌,用这种游戏娱乐。偶而一只小船在花丛中闪出来,把小船喊过来,原来是寺里的和尚送茶来的。每个人喝过一杯茶,就摇着小船,放声唱着歌儿回去了。

---

　　① 多者浮:指脸上落花多的饮满杯。浮:满饮。　② 艇子:小船。　③ 啜(chuò绰):喝。

飞 来 峰

  本文作于万历二十五年。文中飞来峰的奇丽，与游者的洒脱相映成趣，读后使人赏心悦目。文章的开头用一连串的排比句式，比喻飞来峰奇丽变幻的山景，形象生动，富于诗的韵味。

  湖上诸峰，当以飞来为第一①，高不余数十丈，而苍

---

① 飞来：飞来峰，一名灵鹫峰，在杭州西湖灵隐寺前。东晋咸和初（约362），印度僧人慧理登此山，说："此乃天竺国灵鹫山之小岭，不知何以飞来？"因此得名飞来峰。其峰古木参天，岩石突兀。峰下有天然岩洞，回旋幽深，岩壁及洞壁上遍布五代、宋、元时代的石刻佛像，是西湖胜景之一。

翠玉立。渴虎奔猊①，不足为其怒也②；神呼鬼立，不足为其怪也；秋水暮烟，不足为其色也；颠书吴画③，不足为其变幻诘曲也。石上多异木，不假土壤，根生石外。前后大小洞四、五，窈窕通明④，溜乳作花⑤，若刻若镂。壁间佛像，皆杨秃所为⑥，如美人面上瘢痕，奇丑可厌。

余前后登飞来者五：初次与黄道元⑦、方子公同登⑧，单衫短后，直穷莲花峰顶，每遇一石，无不发狂大叫。次与王闻溪同登⑨。次为陶石篑、周海宁⑩。次为

---

① 猊(ní 泥)：狮子，又名狻猊。 ② 怒：形容气势强盛。此处指山势峻拔。 ③ 颠书：指唐代书法家张旭的草书。张旭精于书法，尤善草书。每大醉后呼喊狂走，然后落笔，时称张颠，又称"草圣"。吴画：指唐代画家吴道子的画。 ④ 窈窕(yǎo tiǎo 舀条)：幽深貌。 ⑤ 溜乳：指石灰岩洞顶垂悬的钟乳石。 ⑥ 杨秃：指元代西藏僧人杨琏真加，元世祖时，任江南释教总统。他曾在钱塘、绍兴挖掘宋代帝后大臣陵墓一百多处，盗取殉葬宝物，并受人所献美女宝物无数，杀害百姓，无恶不作。 ⑦ 黄道元：黄国信，字道元，永嘉人。著有《拙迟集》《合缶斋集》。是袁宏道的朋友。 ⑧ 方子公：第47页注⑪。 ⑨ 王闻溪：王禹声，字闻溪，一作文溪，吴县人，万历进士。 ⑩ 陶石篑：陶望龄，字周望，号石篑，会稽(今绍兴)人。袁宏道的挚友。周海宁：周廷参，茶陵人。万历二十三年进士，万历二十四年任海宁知县。

王静虚、石篑兄弟①。次为鲁休宁②。每游一次,辄思作一诗,卒不可得。

【翻译】

　　西湖上的众多山峰,应当以飞来峰为第一,虽然它的高度不超过数十丈,然而苍郁碧翠,亭亭玉立。饥渴的猛虎,奔跑的雄狮,不足以比拟它的雄拔。呼叫的天神,耸立的鬼怪,不足以比拟它的怪异。秋天的湖水,傍晚的烟霭,不足以比拟它的山色。张旭的狂草,吴道子的绘画,不足以比拟它的曲折变幻。山石上长着许多奇特的树木,不凭借土壤,树根就长在石头表面上。山前山后有大小石洞四五个,山洞幽深明透,洞中的钟乳石形成花朵的形状,像雕镂而成。岩壁间的佛像,都是杨琏真加所作,像美人脸上长了瘢痕,丑得令人讨厌。

　　我先后登飞来峰五次:第一次与黄道元、方子公同登,穿着单薄的短衣,一直登上莲花峰顶,每遇到一块奇异的石头,都高兴地发狂大叫。第二次与王闻溪同登。

---

　　① 王静虚:王赞化,字静虚,山阴人。陶望龄的朋友。石篑兄弟:指陶望龄及其弟陶奭龄。　② 鲁休宁:鲁点,字子与,号乐同,南彰人。万历十一年进士,曾任休宁知县。

第三次是陶石篑、周海宁。第四次是王静虚、石篑和石 㜒兄弟俩。最后一次是鲁休宁。每游一次,我就想作一 首诗,但终究没能作成。

禹　穴

　　本文作于万历二十五年。文中作者把山阴的山水比作元人的写意画,把西湖的风光比作宋人的工笔画,充分表现了作者观察的细致和感受的独特。

　　禹穴①,一顽山耳。禹庙亦荒凉②,不知当时有何

---

　　① 禹穴:禹陵,在浙江绍兴东南六公里处。相传是夏禹的陵墓。禹陵背负会稽山,面对亭山,前临禹池。　② 禹庙:在禹陵右侧,内祀夏禹。

奇,而龙门生欲探之①?然会稽诸山,远望实佳,尖秀淡冶,亦自可人。昔王子道语人②,但云"山阴道上"③。"道上"二字,可谓传神。余尝评西湖如宋人画④,山阴山水如元人画。花鸟人物,细入毫发,浓淡远近,色色臻妙,此西湖之山水也。人或无目,树或无枝,山或无毛,水或无波,隐隐约约,远意若生,此山阴之山水也。二者孰为优劣,具眼者当自辨之。夫山阴显于六朝,至唐以后渐减;西湖显于唐,至近代益盛,然则山水亦有命运耶?

【翻译】

禹穴只不过是一座顽山。禹庙也很荒凉,不知道当时有什么奇特的地方,使得太史公想游赏它?然而会稽的那些山峰,远看确实很美,尖峭秀丽,淡雅妩媚,也自

---

① 龙门生:此处指司马迁。《史记·太史公自序》:"迁(司马迁)生龙门(今陕西韩城),耕牧河山之阳,年十岁则诵古文,二十而南游江淮,上会稽,探禹穴。" ② 王子道:此处应为王子敬,即东晋书法家王羲之的幼子王献之。(王子猷为王献之的哥哥王徽之,此处疑为作者疏忽所误。)《世说新语·言语》中说:"王子敬云:从山阴道上行,山川自相映发,使人应接不暇",指一路上山水秀美,使人看不过来。 ③ 山阴:即今浙江绍兴市。明清时并为浙江绍兴府治所。 ④ 西湖:指杭州西湖。

然使人喜爱。过去王子敬与人谈论这个地方,只说"山阴道上"。"道上"二字,可以说得上传神。我曾经品评西湖像宋人的画,山阴山水像元人的画。花鸟人物,细致入微,浓淡远近,样样精妙,这就是西湖的山水了。有的人没有画眼睛,有的树没有画枝条,有的山没有画草木,有的水没有画波纹,忽隐忽现,似乎产生一种悠远的意境,这就是山阴的山水了。这两处山水谁好谁坏,具有鉴赏眼力的人自然可以分辨出来。大概山阴在六朝的时候就很出名,到了唐朝以后名气逐渐减弱了;西湖在唐代很出名,到了近代就更加显赫了,那么山水的兴衰也有命运吗?

五 泄 二

本文是作者以"五泄"为题写的一组游记小品的第二篇,作于万历二十五年。文章围绕"五泄水石俱奇绝"展开。结尾又以游者赋诗之奇,午夜山中的"魍呼虎号"与前段文字相呼应,更增添了景色"奇绝"的气氛。文字虽简短,却"奇趣"盎然。

五泄水石俱奇绝①,别后三日,梦中犹作飞涛声,但

---

① 五泄:山名,在浙江诸暨城西。有瀑布从五泄山上飞奔而下,分成五级,景色各异。

恨无青莲之诗①,子瞻之文②,描写其高古濆薄之势③,为缺典耳④。石壁青削,似绿芙蕖⑤,高百余仞⑥,周回若城⑦,石色如水浣净⑧,插地而生,不容寸土。飞瀑从岩颠挂下,雷奔海立,声闻数里,大若十围之玉⑨,宇宙间一大奇观也。因忆《会稽赋》有所谓"五泄争奇于雁荡"者⑩,果尔,雁荡之奇,当复如何哉?

　　暮归,各得一诗,余诗先成,石篑次之,静虚、公望、子公又次之⑪。所目既奇,诗也变幻恍惚,牛鬼蛇神⑫,不知是何等语。时夜已午⑬,魈呼虎号之声⑭,如在床几间。彼此谛观,须眉毛发,种种皆竖,俱若鬼矣。

【翻译】

———————

① 恨:遗憾。青莲:唐代诗人李白,号青莲居士。　② 子瞻:宋代文学家苏轼,字子瞻。　③ 濆(pēn 喷)薄:形容水势汹涌。　④ 典:指可作为典范的诗文。　⑤ 芙蕖:荷花的别名。　⑥ 仞(rèn 任):古代长度单位,以七尺或者八尺为一仞。　⑦ 周回:周围。　⑧ 浣(huàn 患):洗涤。　⑨ 围:两臂合拱的粗细,用以计量圆周。　⑩《会稽赋》:指宋代王十朋写的《会稽风俗赋》,其中有"五泄争奇于雁荡,四明争秀于天台"的句子。雁荡:山名,在浙江乐清东北,山上多悬崖奇峰,是游览胜地。　⑪ 石篑、静虚、公望、子公:皆见第66页《飞来峰》注。　⑫ 牛鬼蛇神:牛头鬼、蛇身神,比喻虚幻荒诞。　⑬ 午:此指深夜十二点。　⑭ 魈(xiāo 肖):传说中的山怪。

五泄的水和石都奇特极了,离开五泄已经三天了,梦里还有奔泻的瀑布声,只是遗憾没有李白的诗歌、苏轼的文章,去描写五泄高古喷涌的气势,因此而缺少了典故。五泄青碧色的石壁好像刀斧削成似的,像绿色的荷花,高百余仞,围了一周像城墙,岩石的颜色像被水洗过一样洁净,拔地而生,上面没有一点儿泥土。奔腾的瀑布从岩顶直泻而下,像雷电轰鸣,像海涛直立,几里路以外都可以听到它的声音。瀑布像十围粗的玉柱那么大,真是天下一大奇观呵。因此我想起了宋代王十朋的《会稽赋》,其中有"五泄争奇于雁荡"的句子,果真是这样,那么雁荡山的奇异景观,该又是什么样子呢?

　　傍晚归来,每人做诗一首。我的诗先写成,石篑第二,静虚、公望、子公又接着写成了。我们见到的景物既然奇异,诗也虚幻离奇,牛鬼蛇神,不知是些什么语言。这时候已经夜深了,魈呼虎啸的声音,好像在卧榻桌案之间。互相间仔细看着,吓得须眉毛发,都竖了起来,好像处处都有鬼了。

天 目 一

本文是作者万历二十五年在於潜（今浙江临安市临安镇）时，游天目山所记，共两篇。在这篇游记中，作者把天目山的景色归纳为"七绝"，从不同角度淋漓尽致地描绘了天目山的"幽邃奇古"。文章结尾，与诸僧的对话，更进一步点明他喜爱天目山，而有在此"出缠结室之想"，为画龙点睛之笔。

天目幽邃奇古不可言①。由庄至颠②,可二十余里③。凡山深僻者多荒凉,峭削者鲜迂曲④,貌古则鲜妍不足,骨大则玲珑极少,以至山高水乏,石峻毛枯,凡此皆山之病。天目盈山皆壑,飞流淙淙,若万匹缟⑤,一绝也。石色苍润,石骨奥巧,石径曲折,石壁竦峭,二绝也。虽幽谷悬岩,庵宇皆精⑥,三绝也。余耳不喜雷,而天目雷声甚小,听之若婴儿声,四绝也。晓起看云,在绝壑下,白净如绵,奔腾如浪,尽大地作琉璃海⑦,诸山尖出云上若萍,五绝也。然云变态最不常,其观奇甚⑧,非山居久者不能悉其形状。山树大者,几四十围,松形如盖,高不逾数尺,一株直万余钱⑨,六绝也。头茶之香者,远胜龙井,笋味类绍兴破塘⑩,而清远过之,七绝也。余谓大江之南,修真栖隐之地⑪,无逾此者,便有出缠结室之想矣⑫。

---

① 天目:山名,在浙江西北部。古称浮玉山,也名西峰。分东西两支,即东天目山,西天目山。双峰雄峙,耸入云表。相传峰顶各有一池,左右相望,因此名天目。 ② 颠:通"巅",山顶。 ③ 可:大约。 ④ 鲜(xiǎn显):少。 ⑤ 缟:白绢。 ⑥ 庵:小庙。 ⑦ 琉璃:色泽光润的天然宝石。本名璧琉璃,省称琉璃。 ⑧ 观:景象,景观。 ⑨ 直:通"值",价值。 ⑩ 破塘:绍兴一地名。 ⑪ 修真:指学道求仙。 ⑫ 出缠:脱离世俗的羁绊。

宿幻住之次日①,晨起看云,巳后登绝顶②,晚宿高峰死关③。次日由活埋庵寻旧路而下。数日晴霁甚,山僧以为异,下山率相贺④。山中僧四百余人,执礼甚恭,争以饭相劝。临行,诸僧进曰:"荒山僻小,不足当巨目,奈何?"余曰:"天目山某等亦有些子分⑤,山僧不劳过谦,某亦不敢面誉。"因大笑而别。

【翻译】

天目山幽深奇古无法用言语表达。由山下大道到山顶,大约有二十多里。一般说来,幽深偏僻的山大都荒凉,高耸陡峭的山很少峰回路转,形状厚重的就鲜妍不足,山石巨大的就极少空明,以至山高缺水,石大草枯,所有这些都是山的缺陷。天目遍山都是峡谷,飞奔的流水淙淙而下,像万匹素绢,这是一绝。石头的颜色苍绿泽润,石头的形状奇异精巧,石头的小路蜿蜒曲折,石头的峭壁高耸陡拔,这是第二绝。虽然峡谷幽深,山岩倒悬,但是尼庵寺院都很精美,这是第三绝。我不喜欢雷声,而天目山雷声很小,听起来像婴儿的声音,这是

---

① 幻住:天目山峰名。 ② 巳:以地支纪时辰,指上午九时至十一时。 ③ 死关:天目山关名。 ④ 活埋庵:天目山庵名。率(shuài 帅):都,全部。 ⑤ 些子:方言。些,少许。

第四绝。早晨起来看云海，云雾在深谷下飘浮，像白净的丝绵，像奔腾的骇浪，茫茫大地像琉璃的海洋，众多的山峦冒出云端像水上的浮萍，这是第五绝。然而云雾的姿态变幻无常，那种景象奇妙极了，不是在山中久住的人，没法尽知它的形状。山上的树，大的几乎四十围粗，松树的形状像盖伞，高度不过几尺，一棵价值万余钱，这是第六绝。头遍茶的香味远远胜过龙井茶，笋的味道类似绍兴破塘的笋，而清香又远远超过它，这是第七绝。我认为长江以南，修行隐居的地方再没有超过这里的。于是我也产生脱离世俗，在这儿建一处居室的想法了。

住在幻住的第二天，早晨起来看云海。巳时后登上最高峰，当晚住在高峰死关。第二天，由活埋庵沿原路下山。连续几天，天气十分晴朗，山僧认为这很不平常，下山时都来祝贺。山中僧徒有四百多人，很恭敬地以礼招待我们，并且争着劝大家用饭。临走时，僧人们对我们说："荒山偏僻狭小，不值得诸位观赏，怎么办呢？"我说："天目山与我们几个人也有些许缘分。诸位不必过分谦虚，我也不敢当面奉承"。于是大笑着和僧人分别了。

天 目 二

作者以简洁明快的文笔,勾画了天目山的几个景点:活埋庵的幽雅;狮子岩的险峻;立玉峰的奇特;幻住的空旷。层次分明,景点各具特色。

天目之山,敞于幻住,奇于立玉①,险于狮子岩②,幽于活埋庵。庵小而饰,竹石皆秀,面峰奇削,广不累丈③,游人行刀脊上,发皆竖。峰颠老松,偃石侧出。周望缘而上④,坐其干,余谓"陶王孙,今即真矣"。周望身羸瘦,

---

① 立玉:天目山石峰名。　② 狮子岩:天目山岩名。
③ 累丈:二丈。　④ 周望:陶望龄,字周望。见第67页注⑩。

故有此戏。

　　狮子岩架壁为阁,下临无地,巨木绣壁如韭,飞岩怒鋆,不可尽状。立玉骨色类湖石①,一峰拨地立,玲珑纤峭,高千余级,四面石壁刻露,攒青簇黛,似有高手堆叠而成。米南宫所谓秀瘦皱透②,大约其体石之变幻奇诡者也。

　　峰腰板屋二间,一头陀坐其中③,悬破瓦釜④,壁间挂一烟黄本,其行脚时所著论也。行迫,未及问其名字。从立玉至此,径甚险,面临绝崖,梯级而下,不容半趾。一老人从平路望,两足酸楚,遂不能步。幻住即中峰道场,景尤空阔,诸峰奇态,毕供眼前。从山足至此,可十余里。由幻住而上,山愈高峻,然佳处皆在山半,好事者皆游至,再抵幻住,便可息足矣。

【翻译】

　　天目山,幻住最空旷,立玉最奇异,狮子岩最险峻,活埋庵最幽雅。庵虽小而装饰精美,翠竹岩石都很秀丽,庵前的山峰极陡峭,宽不到两丈,游人好像行走在刀

---

①湖石:指太湖石,产于太湖。有青白黑三色。高者三五丈,低者丈余。　②米南宫:北宋书法家米芾。　③头陀:梵语称僧人为头陀。　④瓦釜:瓦制的饮器。

背上,吓得毛发都竖起来了。山顶上的老松树,从倒卧的岩石缝中斜伸出来。周望攀缘而上,坐在松树干上。我对他说:"陶猢狲,如今是真的了。"周望身体瘦弱,因此有这个玩笑。

狮子岩在岩壁架起亭阁,下临无底深渊,大树像深绿色的韭菜绘绣在石壁上,飞峙的山岩,奔腾的溪谷,无法一一描绘其景象。立玉的岩石,颜色像太湖石,一峰拔地而起,精巧空灵,纤秀峭拔,高度有一千多层石级,四周岩石裸露,青色和黑色的石头层层迭迭,像由高明的工匠堆砌而成。米南宫所说的美石应有灵秀、瘦削、皱折、通透的特点,大概他是能体味到石头的奇妙变幻的人了。

山半腰有两间木板房,一个行脚僧坐在屋里,屋内悬着破瓦釜,墙上挂着一本烟黄色的稿本,这就是他云游时所写的论著了。因为走得匆忙,没来得及问他的名字。从立玉到这个地方,山路很危险,面临陡峭的山崖,沿石级下来,容不下半只脚,一位老人从平路向上望,两脚发麻,因此而不能迈步。幻住是中峰讲道诵经的道场,景色尤其空阔,许多峰峦的千姿百态,都一一展现在眼前了。从山脚到这里,大约十多里。由幻住往上,山越来越高,越来越险峻了,然而最美的地方都在山半腰,好事的人都游到山顶,再到幻住,便可以停下来歇歇脚了。

满井游记①

袁宏道

本文作于万历二十七年二月。这篇游记写了京郊满井早春二月的风光。作者抓住富有春意的自然景物进行描画。这些平平常常的景物，在作者笔下无不洋溢着喜气，充满了春的生机。出游前的一段"冻风时作"、"飞沙走砾"的环境描写，更衬托出京郊春色的清新迷人。而文中"泉而茗者，罍而歌者，红装而蹇者"的世俗

---

① 满井：古代井名。在北京安定门东，是明代北京名胜之一。《长安客话四》记满井："出安定门，循古壕而东三里许，有古井一，径五尺余。飞泉突出，冬夏不竭。好事者凿石栏以束之。水常浮起，散漫四溢。井旁苍藤丰草，掩映小亭。都人探为奇胜。"

生活画面,增添了景色的生活气息。

　　燕地寒①,花朝节后②,余寒犹厉。冻风时作,作则飞沙走砾,局促一室之内,欲出不得。每冒风驰行,未百步,辄返③。廿二日,天稍和,偕数友出东直④,至满井。高柳夹堤,土膏微润⑤,一望空阔,若脱笼之鹄⑥。于时冰皮始解,波色乍明,鳞浪层层,清澈见底,晶晶然如镜之新开,而冷光之乍出于匣也⑦。山峦为晴雪所洗,娟然如拭,鲜妍明媚,如倩女之靧面而髻鬟之始掠也⑧。柳条将舒未舒,柔梢披风,麦田浅鬣寸许⑨。游人虽未盛,泉而茗者,罍而歌者⑩,红装而蹇者⑪,亦时时有。风力虽尚劲,然徒步则汗出浃背。凡曝沙之鸟,呷浪之鳞,悠然自得,毛羽鳞鬣之间,皆有喜气。始知郊田之外,未始无春,而城居者未之知也。夫能不以游堕事⑫,而潇然于山

----

　　① 燕(yān烟):战国时代燕国占据今河北北部、辽宁西部等地。旧称今河北北部、京、津一带为燕地。　② 花朝节:旧俗以农历二月十二日为百花生日,称这天为花朝节。　③ 辄(zhé哲):就。　④ 东直:东直门,北京城门名。　⑤ 土膏:肥沃的土地。　⑥ 鹄(hú胡):天鹅。　⑦ 泠(líng灵):清亮。倩(qiàn欠)女:美女。倩,美好的样子。　⑧ 靧(huì惠):洗脸。　⑨ 浅鬣(liè列):鬣,原指某些兽类颈上的长毛。浅鬣,此处指短短的麦苗。　⑩ 罍(léi雷):一种像壶的大型盛酒器。　⑪ 蹇(jiǎn剪):驴子。　⑫ 堕(huī灰):通"隳"。毁破。

石草木之间者,惟此官也。而此地适与余近,余之游将自此始,恶能无记①?己亥之二月也②。

【翻译】

京都一带天气严寒,花朝节后,未退尽的寒气依然凌厉逼人。寒冷的北风时常刮起,寒风扬起飞沙走石,使人拘束在狭窄的屋子里,想出去走走都不能。往往顶着寒风行不到百步,就得返回。廿二日这天,天气稍暖和些,便约了几位朋友出东直门,到满井郊游。城外高高的柳树夹着堤岸,田间沃土微微有些湿润,放眼望去,一片辽阔,我感到自己像飞出樊笼的鸟儿。这时薄冰开始解冻,波光闪烁,鱼鳞状的微波层层皱起。池水清澈见底,晶莹澄澈好似新磨的镜面,而清莹莹的亮光刚从镜匣里透出。山峦被晴天的融雪冲洗,俊俏得像擦拭过一般,那样鲜艳明媚,如同美女洗过的脸和刚刚梳理过的发髻。柳条将伸展还未伸展开,柔软的柳梢随风飘拂,田里浅浅的麦苗,才长出一寸多高。游人虽还不多,然而汲泉水煮茶的人,手提酒壶唱歌的人,骑着驴子的艳装妇女,也时而出现。风虽然还强劲,但是走起路来

---

① 恶(wū乌):疑问代词,怎么。 ② 己亥:古代以天干地支纪年,此指明神宗万历二十七年(1599)。

却汗流浃背。那些在沙滩上晒太阳的鸟,在水中吞吐着浪花的鱼,都显得悠然自得,在它们的羽毛鳞鳍之间,似乎都喜气洋洋,一派生机。我这才明白,郊外田间,不是春天还没到来,只不过住在城里的人不知道罢了。能够不因游览山水而荒废公务,而又无拘无束地来往于山石草木之间的人,恐怕只有我这清闲的官了。这个地方正巧离我住处近,从现在起,我会常常到这里来游赏,又怎能没有一篇游记呢?万历己亥二十七年二月。

由河洑山至桃源县记①

袁宏道

本文是作者游览桃源时,写的一组游记的第一篇,作于万历三十二年。文章着眼于对桃源县山城夜景的描绘。作者仅用寥寥数笔,就勾画出学宫前月景的清幽、明净。

余既谢两龙君②,将解维③,而君超忽来,盛称花源

---

① 河洑山:在今湖南常德西,又名武夷山、平山、太和山。桃源县:在今湖南北部。 ② 两龙君:指龙襄、龙膺兄弟,湖南武陵人,袁宏道的朋友。龙襄,字君超。龙膺,字君御。 ③ 维:系船的缆绳。

一带之胜①。余曰："此名迹，不必佳山水，固佳也。"遂命舟，逆而上，君超从陆，是夕会于河洑山。

次日重九②，登兹山之颠，溪边两霞石，映绿潭甚丽，下而席之，迫午乃行。夜泊桃源县，山光散目，溪水激鱼梁甚怒③。起步学宫前④，石砌百尺，平滑如水，月光照之，光景清澈，楼阁阛阓⑤，吞烟吐雾，是亦山县之绝胜也。夜中与诸衲闲谈⑥：余生长水乡⑦，百里无片石，见似丘者而喜矣，是邑何缘，偏占丘壑，岂山水报缘⑧，亦有定业邪⑨？诸衲不对，乃就枕。

【翻译】

我辞别了龙襄、龙膺两位先生，正要解缆开船，君超突然来了，他极力称赞桃花源一带风景优美。我说："桃

---

① 花源：桃花源。在桃源县西南水溪附近。面临沅水，背倚群山，苍松翠竹，风景优美。因附会于东晋诗人陶渊明写的《桃花源记》而闻名于世。 ② 重九：农历九月初九日重阳节，是民间的传统节日。这一天有登高的习俗。 ③ 鱼梁：在水中筑起的石偃，用来捕鱼。 ④ 学宫：古代在府县所设的孔庙，多为儒学教官的衙署。 ⑤ 阛阓（huán huì 环会）：街市，街道。 ⑥ 衲（nà 纳）：僧衣。这里借指僧人。 ⑦ 余生长水乡：袁宏道生于湖北公安县，地处江汉平原，北临长江。 ⑧ 报缘：佛家语。指回报缘分。 ⑨ 定业：指命里注定的因果报应。

花源是著名古迹，不一定要有好山好水，它本来就是美的。"于是命船夫开船，逆流而上，君超从陆路走，当晚在河洑山会合。

  第二天是重阳节，登上河洑山的山顶，溪边有两块彩色岩石，与碧绿的潭水相辉映，格外艳丽，我们走下去在石上坐着，快到中午，才动身下山。夜晚船停泊在桃源县，这里的山景引得我四处观望，溪水汹涌地冲击着石偃。我漫步在学宫前，石头的台阶约有一百尺，平滑得像静静的水面，月光照在上面，光影清晰明净，楼阁街市，吞吐着云烟雾霭，这也是山城的绝妙胜景。深夜与几个僧人闲话：我生长在水乡，百里之内见不到一块山岩，看见像小土丘的地方就很高兴了。这个县城是什么缘分，却偏偏占有山林溪谷，难道山水与桃源县有缘，也是命中注定的吗？那些僧人没有回答，我也就睡觉去了。

由渌罗山至桃源县记

本文描写了从渌罗山到桃源洞的沿途景色。文中穿插了途中遇见道士的趣事,表露了作者旅途中的欢快心情。

江上望渌罗山如削成①,颓岚峭绿,疑将压焉。从此一带,山皆飞舞生动,映江而出,水缥绿见底②。至白马江③,山益夹,水益束。云奔石怒,一江皆飞沫,是为浪光

---

① 渌罗山:在桃源县南,上有渌罗岩,下有潭。《水经注》上记载:"东带渌罗山,颓岩临水,悬萝钓渚,渔咏幽谷,浮响若钟。" ② 缥(piǎo瞟)绿:碧绿。缥,淡青色。 ③ 白马江:《常德府志》记:"沅水在县西,又西四十里为绿萝江。又西为白马江,即桃川渡。春涨石岸,飞涛如雪。"

之天①，山南即避秦处②。上桃花溪百步，从间道出后岭，玄武宫其巅③。宫甚敞，道士迓于门④，指数奥僻处曰，某丹台，某瀹鼎池。余爱恋山色，苦不欲记之。有碑焉，苔藓剥落，不可读。道士闭目庄诵，如快小儿课《鲁论》⑤，不觉失笑。趋而出，见道旁古松，偃蹇有异态⑥，为之却行。又数折，得桃花观⑦，从左腋道入，竹路幽绝。一黄冠⑧，簪笋皮，白须照两颧如红霞⑨，疑其异人。余肃冠裾，将揖之，未数步，驺而前⑩，余笑益不止。偕游者，以余为暴得佳山水，会心深也。观周遭，皆层峰，淡冶入绘。观前为驰道⑪，车尘马足，略无歇时。截驰道而

---

① 浪光之天：即白马洞，在桃源县西南二十五里桃花洞北。道家所说的洞天之一。《常德府志》引《名胜志》："（桃源）县西有白龙、白马二洞。白马洞，道书洞天三十五白马浪光之天。" ② 避秦处：《常德府志》记载："县西南三十里，乌头村南，即桃源洞，为秦人避乱处。" ③ 玄武宫：宫名。在桃源山归鹤峰西。 ④ 迓（yà 亚）：迎接。 ⑤《鲁论》：汉代今文本《论语》的一种，共二十篇，鲁人所传。 ⑥ 偃蹇（yǎn jiǎn 演剪）：指枝干弯曲盘旋。 ⑦ 桃花观（guàn 贯）：一名桃花宫，在桃源洞西。 ⑧ 黄冠：道士所戴的冠。借为道士的别称。 ⑨ 两颧（quán 全）：指两颊。颧，两腮之上的颜面骨。 ⑩ 驺：通"趋"，快走。 ⑪ 驰道：行车马的大道。

南,入桃花洞①,无所有,唯石磴百级,苍寒高古,若有人焉,而不可即②。

余读《瞿童记》③,有云:"偶造佳地,见云气草木,屋宇饮食,使人淡然忘情,不乐故处。"此与竹林、方广何异④?苏子瞻泥于杀鸡一语⑤,遂以为青城、菊水之类⑥,

① 桃花洞:桃源洞,一名秦人洞。在桃源山下。《清一统志》记载:"洞口流泉瀑布千丈,落石壁下,流里许,伏地不见,至此三里,与桃花溪合流,入沅江。" ② 即:接近,靠近。 ③《瞿童记》:唐代符戴所著的《黄仙师瞿童记》。瞿童,字柏庭,湖南辰溪人。十四岁,怀着厌世的心志,从辰溪到了桃花观,拜黄洞源为师,相传后来成仙而去。 ④ 竹林:在河南辉县西南。西晋时嵇康、阮籍、山涛、向秀、阮咸、刘伶、王戎,常在此游,号称"竹林七贤"。方广:地名,不详。一说,竹林、方广都是寺名,即竹林寺、方广寺。 ⑤ 苏子瞻:北宋文学家苏轼。"杀鸡"语出陶渊明《桃花源记》"设酒杀鸡作食"。苏轼在《和桃源诗序》中说:"世传桃源事,多过其实。考渊明所记,止言先世避秦乱来此,则渔人所见,似是其子孙,非秦人不死者也。又云'杀鸡作食',岂有仙而杀者乎?" ⑥ 青城、菊水:都是地名。根据苏轼《和桃源诗序》记载,青城在南阳,菊水在蜀地。传说这两个地方的人都长寿。

至韩退之、洪景卢①,益不足道矣。甚矣夫,拘儒之陋也!出洞已昏黑,是夜遂宿水溪②,去洞二里许。

【翻译】

江上望渌罗山好像刀削一般,倾斜的山岩,云雾缭绕,峭壁上绿树横生,像要倒压下来。从这一带起,山峰都飞舞生动,在江中倒映而出,江水碧绿见底。到了白马江,两岸的山越来越靠近,江面也越来越狭窄。流云奔驰,岩石耸立,满江飞溅浪花,这就是白马江的浪光洞天了,山南是避秦处。从桃花溪向上走百步,从小路登上后面的山峰,玄武宫就在山顶。玄武宫很宽敞,道士正在门前迎候,他指着几处深幽荒僻的地方说,那是丹台,那是瀹鼎池。我爱恋山中的景色,很不想去记道士说的那些东西。这儿有一块石碑,上面长满苔藓,碑文也已剥蚀,读不成句了。道士都闭着眼睛认真地背诵起

---

① 韩退之:唐代文学家韩愈。他写的《桃源图》,其中有"神仙有无何渺茫,桃源之说诚荒唐"、"世俗那知伪与真,至今传者武陵人"的诗句。洪景卢:南宋文学家洪迈。他在《容斋随笔》中说:"然窃意桃源之事以避秦为言,至云'无论魏晋',乃寓意于刘裕,托之秦。借以为喻耳。"洪迈认为陶渊明《桃花源记》,是表明他忠于晋,不屈身于刘裕。 ② 水溪:溪名。在桃源县西南。

来,像小孩背诵鲁《论语》,我忍不住笑起来。急忙走出玄武宫,看见路边的古松,弯曲盘旋,姿态奇特,因此停下来观赏。又拐了几道弯,看见桃花观,从左侧走进去,竹林的小路清幽极了。有个道士,用竹皮簪发,白须映衬着色如红霞的两颊,我猜想他是不平常的人。于是我恭敬地整整衣帽,要向他作揖,还没有走几步,他就小步跑到前面来了,我更加止不住笑。同游的人,认为我突然发现了奇丽的山水,是因为对山水之美领会得深。观望四周,都是层层叠叠的峰峦,淡雅明丽好像图画一般。桃花观前是一条大路,车马过往匆匆,没有片刻的停歇。横过大道向南,进入桃花洞,这里没有什么,只有百层石阶,苍凉高古,洞中像有人,然而却无法靠近。

  我读过《瞿童记》,其中有这样的记载:"偶然到了一个美丽的地方,看见云气草木,房屋饮食,就会使人淡然忘却世俗,不愿意再回到故地。"这与竹林、方广等地方又有什么不同呢?苏轼拘泥于《桃花源记》中"杀鸡作食"这一句话,就认为桃花源是青城、菊水一样的地方。至于韩愈和洪迈这些人,更不值得说了。太过分了,拘执的儒生是多么浅陋呵!

  走出桃花洞,天已经黑了。当晚就住在水溪,这里离桃花洞大约有两里路。

由水溪至水心崖记

袁宏道

在这篇游记中,作者以丰富多采的文笔,描绘了由水溪到水心崖的沿途风光①。沙萝村的秀媚,倒水岩的峭拔,渔仙寺的清幽,穿石的奇特,新湘溪的闲雅,水心崖的意态横生。景物各有神韵,各具特色。

晓起揭篷窗,山翠扑人面,不可忍,遽趣船行②。逾水溪十余里,至沙萝村。四面峰峦如花蕊,纤苞浓朵,横

---

① 水心崖:一名夷望山,在桃源县西。《水经注》记载:"沅南县西有夷望山,孤峙中流浮岭四绝。昔有蛮民避乱居之,故谓夷望山。" ② 趣(cù促):催促。

见侧出①,二十里内,秀茜阁眉②,殆不可状③。夫山远而缓,则乏神;逼而削,则乏态。余始望不及此,遂使官奴息誉于山阴④,梦得悼言于九子也⑤。又十余里至倒水岩⑥。岩削立数十仞,正侧面皆霞壁,有窦八、九⑦,下临绝壑。一窦悬若黄肠者五⑧,见极了了。问山中人,云有好事者乘涨倚舰⑨,令健夫引绠而上⑩,至则见有遗蜕,沉香为棺。其言不可尽据。然石无寸肤,虽猿猱不能攀,不知当时何从至此。

又半里至渔仙寺⑪,寺有伏波避暑石室⑫,是征壶头

---

① 见:同"现"。 ② 秀茜(qiàn欠):形容景色秀美鲜丽。阁:通"搁"。 ③ 殆:几乎。 ④ 官奴息誉于山阴:意思是"王献之对山阴山水的赞誉应该停止"。王献之,字子敬,小字官奴,晋代大书法家王羲之的第七子。琅琊临沂人,居会稽山阴。在他的诗文中极力赞美山阴的山水。《世说新语·言语》中说:"王子敬云:'从山阴道上行,山川自相映发,使人应接不暇。'" ⑤ 梦得悼言于九子:梦得,唐代文学家刘禹锡。九子:九华山,原名九子山。刘禹锡作有《九华山歌》,在诗的引文中说:"昔予仰太华,以为此外无奇;爱女几、荆山,以为此外无秀。及今见九华,始悼前言之容易也。" ⑥ 倒水岩:在桃源县西四十里。 ⑦ 窦:岩洞。 ⑧ 黄肠:葬具。用黄心柏木制成的外棺。 ⑨ 舰:战船,大船。 ⑩ 绠(gēng耕):粗绳索。 ⑪ 渔仙寺:寺名。在桃源县南约六十里处。 ⑫ 伏波避暑石室:在桃源县以南的钦山。伏波,东汉马援,武帝时曾被封为伏波将军。

时所凿①,余窦历历如僚幕②。寺幽绝,左一小峰拔地起,若盆石,尖秀可玩。江光岫色,透露窗扉间。一老僧方牧豕③,见客不肃。问几何众,曰:"单丁无徒侣。"相与咨嗟而去④。又数里至穿石⑤。石三面临江,锋棱怒立,突出诸峰上,根锐而却,末垂水如照影,又若壮士之将涉,石腹南北穿,如天阙门,高广略倍,山水如在镜面,缭青萦白,千里一规,真花源中一尤物也⑥。一客忽咳,有若瓮鸣,余因命童子度吴曲⑦。客曰:"止止,否则裂石!"顷之,果有若沙砾堕者。

乃就船,又十余里,至新湘溪⑧。众山束水,如不欲去,山容殊闲雅,无刻露态。水至此亦敛怒,波澄黛蓄⑨,递相亲媚,似与游人娱。大约山势回合,类新安江⑩;而

---

① 壶头:山名,在桃源西约二百里处。《东观汉纪》记载:"武陵蛮寇临沅,马援进军壶头,贼乘高守险,会甚暑,援也中病,乃凿岸为室,以避炎气。每鼓噪,援辄登高曳足观之。" ② 僚幕:属官、从吏。 ③ 牧豕:即"牧猪奴戏",本指赌博,此处指下棋。语出《晋书·陶侃传》:"樗蒲者,牧猪奴戏耳。" ④ 咨嗟:叹息。 ⑤ 穿石:峰名,在桃源县西南。 ⑥ 尤物:指珍奇之物,此处指奇妙的景观。 ⑦ 度吴曲:唱吴地的曲子。度,按曲谱歌唱。吴,今江苏南部一带。 ⑧ 新湘溪:一名清湘溪,在桃源西约四十里处。 ⑨ 黛:青黑色。 ⑩ 新安江:发源于安徽省休宁、祁门县境内,东南流经浙江省入钱塘江。

淡冶相得,略如西子湖①。如是十余里,山色稍狞,水亦渐汹涌,为仙掌崖②。又数里,山舒而畦见③,水落而滩见,为仙人溪④。既迫夜,舟人畏滩声不敢行,遂泊于滩之渴石上⑤。滩皆石底,平滑如一方雪,因命小童烹茶石上。

次早舟发,见水心崖如在船头,相距才里许。榜人踊跃⑥,顷刻泊崖下。崖南逼江岸,渔网溪横啮其趾⑦,遂得跃波而出。两峰骨立无寸肤,生动如欲去,或锐如规,或方如削,或欹侧如坠云,或为芙蓉冠,或如两道士偶语,意态横出。其方者独当溪流之奥,遒古之极。对面诸小峰,亦有佳色,为之佐妍。四帀皆龙湫⑧,深绿畏人。崖顶有小道房,路甚仄,行者股栗⑨,数息乃得上。既登舟,不忍别,乃绕崖三帀而去。

石公曰⑩:"游仙源者,当以渌萝为门户,以花源为轩庭⑪,以穿石为堂奥⑫,以沙萝及新湘诸山水为亭榭,而

---

① 西子湖:杭州西湖。　② 仙掌崖:在桃源县西南。　③ 见:同"现"。下句同。　④ 仙人溪:一名关溪,在桃源县西。　⑤ 渴(jié杰)石:巨石。渴,通"碣"。　⑥ 榜(bàng棒)人:船工。　⑦ 啮(niè聂):咬,此指冲刷。　⑧ 帀(zā扎):同"匝",周。龙湫:犹言龙潭,指悬瀑在上的深潭。　⑨ 股栗:腿发抖。　⑩ 石公:袁宏道号石公。　⑪ 轩:有窗的长廊。　⑫ 奥:室内西南角,为尊者之位。

水心崖乃其后户云。大抵诸山之秀雅,非穿石、水心之奇峭,亦无以发其丽,如文中之有波澜,诗中之有警策也①。"君超又为余言,灵岩及诸山之幽奇甚多②,要余再来③,余唯唯④。他日买山,当以此中为第一义也。

【翻译】

　　早晨起来打开船窗,山峦的翠色扑面而来,使人急不可待,就催促急速行船。过了水溪十多里,到了沙萝村,这里四周的峰峦像花一样,纤秀的花苞,艳丽的花朵,横现侧出,二十里内,秀美的景色展现在眼前,几乎无法描绘。一般说来,山峦遥远而且山势平缓,就缺少神韵;逼近而且山势陡峭,就缺少恣态。我当初想不到景色竟这般美丽,可以使王献之对山阴的赞美停止,让刘禹锡为盛赞九华山而伤感。又走了十多里到了倒水岩。山岩峭立几十仞,正面和侧面都是色彩斑斓的岩壁,岩壁间有八九个岩洞,下面紧靠着深谷。其中一个岩洞里,悬挂着五具好像黄心柏木的棺材,可以看得很清楚。我问山里人,他回答说,有好事的人,乘着水涨的

---

　　① 警策:指文中精炼切要、辞义深妙的句子。　② 灵岩:桃源县西北的灵岩山,山下有五洞相通、山上有灵岩寺。　③ 要(yāo邀):通"邀",邀请。　④ 唯(wěi委)唯:答应的声音。

时候,凭靠大船,让精壮的汉子攀着绳索向上爬,到了洞里就看见有遗骸,用沉香木作棺材。这些话不能全信。但是石壁上没有任何草木,就算是猿猴也不可能爬上去,不知当时是从什么地方把棺材放在洞中的。

　　船又行了半里,到了渔仙寺,寺内有东汉伏波将军马援的避暑石室,是马援征伐壶头时开凿而成的。其余的岩洞也清晰可见,像是石室的部属和幕僚。寺院很幽静,左边有一座小山拔地而起,像盆景一般,尖削秀美可供赏玩。山光水色,辉映在寺院门窗之间。有个老和尚正在摆棋局,看见客人也不迎候。问他寺中共有几人,回答说:"孤单一人无僧徒相伴。"我们相互叹息着离去了。又走了几里路到穿石。石岩三面临江,棱角尖利地突出在群峰之上。石根尖细而向后弯,末端垂在水中像照着镜子,又像壮士将要涉水而过。石岩中间南北通透,好像宫殿的大门,大约高是宽的一倍,山水像映在镜面之上,青山与白水互相缭绕,千里景色一样美丽,真是桃花源的奇妙景观呵。有一位游客忽然咳了一声,声音像瓦瓮鸣响。我于是命小仆人唱吴曲,游客说:"停!停!不然岩石要裂开了!"一会儿,果然像有沙砾掉了下来。

　　于是上了船,又行了十多里,来到新湘溪。群山夹着溪水,似乎不愿让溪水流去,山的形貌闲逸雅致,完全没有刻板突露的姿态。溪水流到这里也平和了，水波澄清成深碧色，波纹相互亲昵嬉戏，好像同游人相乐。那盘旋的山势，大约像新安江；而淡雅浓艳恰如其分，又约略像西湖。这样的景色过了十多里，山色又渐显粗犷，水流也渐见汹涌，这就是仙掌崖了。又行了几里，山势平缓而且出现一片田畦，水变浅而且有河滩显露，这就是仙人溪。这时已近夜晚，船夫惧怕滩流湍急的声音，不敢再行船，就把船停靠在河滩的巨石上。河滩全是石头作底，平坦光滑得像一片雪，于是我就叫小僮在石上煮茶。

　　第二天早晨开船，遥望水心崖就像在船头边上，相距才一里多路。船工十分卖力，一会儿就把船停在崖下了。崖南靠近江岸，渔网溪横在旁边冲蚀了崖脚，于是水心崖就在绿波中跳跃而出。两座石峰耸立水中，没有任何草木，姿态生动得像要飞了去，有的尖圆像是用圆规划成，有的方正像是用刀削过，有的倾斜像下坠的云朵，有的像芙蓉冠，有的像两个道士相对交谈，意态横生。那个方形的石峰独立在溪流幽僻处，遒劲古朴极了。对面的那些小山，也各有美色，为水心崖增添了美艳。崖的四周围绕着瀑布冲成的深潭，潭水深绿得吓人。崖顶有一间小道房，山路很窄，行人走在上面两腿发抖，停歇多次才能上到崖顶。我们上了船，却不舍得离去,于是绕山崖转了三周才离开这儿。

　　石公认为:"游桃源的人,应该把绿萝山当作门户,把花源洞当作庭院,把穿石当作厅堂,把沙萝村和新湘溪那些山水当作亭榭,而水心崖就是桃源的后门。大概众山的秀丽典雅,要没有穿石、水心崖的奇异峭拔,也不能显示出它们的美,就像文章要有波澜起伏,诗中要有警句妙语一样。"君超又对我说,灵岩和周围的山峦,清幽奇特之处很多,邀请我再来游赏,我答应了。有朝一日买山建屋,我一定要把桃源看作最适宜的地方。

与丘长孺书

本文写于万历二十三年。作者在给朋友的信中,用自我嘲弄的笔调描绘了为官的各种丑态,也流露出难言的苦衷。结尾邀请朋友前来游玩的一段,文笔又变得生动轻快,与前文恰成鲜明对照,读者从字里行间不难看出作者的志趣和追求。

闻长孺病甚,念念。若长孺死,东南风雅尽矣,能无念耶?弟作令备极丑态,不可名状。大约遇上官则奴,候过客则妓,治钱谷则仓老人①,谕百姓则保山婆②。一

---

① 仓老人:守谷仓的老人。 ② 保山婆:媒婆。

日之间,百暖百寒,乍阴乍阳,人间恶趣,令一身尝尽矣。苦哉,毒哉!

　　家弟秋间欲过吴①。虽过吴,亦只好冷坐衙斋②,看诗读书,不得如往时携侯子登虎丘山故事也③。

　　近日游兴发不?茂苑主人虽无钱可赠客子④,然尚有酒可醉,茶可饮,太湖一勺水可游,洞庭一块石可登⑤,不大落寞也。如何?

【翻译】

　　听说您病得很厉害,非常想念!倘若您死了,东南一带风流逸雅的人就没有了,怎么能不惦念呢?弟作县令出尽了各种丑态,无法形容。大约见到上司就像奴才,服侍过往的官吏就像娼妓,征收钱粮就像管仓的老头,告诫百姓就像媒婆,一天之内,百般和气百般严酷,一会儿阴一会儿阳,人世间的丑恶滋味,都让我一个人尝遍了。痛苦啊,可恨啊!

----

　　① 家弟:指袁中道。　② 衙斋:旧时官吏办公的地方。③ 侯子:猴子,陶望龄(字周望)的外号。吴郡本、小修本作"胡孙"。　④ 茂苑:古苑名,在今吴县太湖北,名长洲苑。左思《吴都赋》中有"带朝夕之浚池,佩长洲之茂苑"句。此时袁宏道正在吴县任官。　⑤ 洞庭:山名,位于太湖中,有东、西二山。

家弟小修秋天要到吴县来。即使到了吴县,也只好冷冷清清地坐在衙斋里,看看诗读读书,不能有像往日那样偕同周望登虎丘的旧事了。

这些天来你是否萌发了游览的兴致?茂苑主人虽然没有钱可以赠送客人,但是还有酒可醉,有茶可饮,有太湖一汪水可供游玩,有洞庭一方石可供登览,不会太冷落寂寞的。你看怎么样?

与刘子威书①

本篇是万历二十四年,袁宏道在吴县任上时写给朋友刘凤的信。信中用六位古人作比,表达了他不愿作官的原因和辞官的决心。

走非不愿作官②,奈事与心违耳。昨天有父老具呈者③,不肖便书纸尾云④:"乡遥心懒,忍作宦游之人;食少事烦,恐是长眠之客。"虽一时戏笔,然不肖方寸⑤,大约尽于此矣。

---

① 刘子威:刘凤,字子威,长州(今江苏苏州)人。嘉靖二十九年进士,袁宏道的朋友。 ② 走:自称的谦词。意思是供奔走服役。 ③ 呈:呈文。 ④ 不肖:不贤。这里用作自称的谦词。 ⑤ 方寸:指心,也即思想感情。

怀令伯报刘之情①，薄太真绝裾之忍②，高弘景挂冠之致③，抱元亮五斗之惭④，无安仁河阳之花⑤，有长卿文园之病⑥。兼此数者，可能一日安于地方耶？一字非欺，高明体察⑦。

---

① 怀令伯报刘之情：李密字令伯，三国时蜀汉人。年幼丧父，母亲改嫁，由祖母刘氏抚养成人，曾在蜀作官。蜀灭亡以后，不愿意再作官了，晋武帝时征他作官，他以祖母刘氏年迈多病，自己尚未报答祖母抚育之恩为由拒辞，写了《陈情表》。袁宏道四岁丧母，由庶祖母詹氏养育成人，这句话的意思是说自己也像李密那样怀着报答祖母的深情。② 太真绝裾：西晋灭亡后，大将刘琨在北方坚持抗战，派温峤渡江到建业(今南京)送信，温峤的母亲不愿儿子南渡，拉住他的衣襟，温峤以国事为重，扯断衣襟而去。太真，温峤的字。裾，衣前襟。③ 弘景挂冠：陶弘景字通明，在南朝齐作诸王侍读和奉朝请的官。齐武帝永明十年，脱了朝服，把衣冠挂在宫门上，归隐句曲山(今江苏茅山)修道。④ "抱元亮"句：元亮，晋代诗人陶潜，又名元亮，相传担任彭泽县令时，有一次督邮来县视察，县吏劝陶潜来带前去拜见，陶潜说"我不能为了五斗米向乡里小儿折腰"，于是辞官而去。⑤ 安仁河阳之花：晋朝的文学家潘岳字安仁，曾任河阳(今河南孟县)县令，任官时满城遍种桃李花，被称为"河阳一县花"。⑥ 长卿文园之病：西汉文学家司马相如字长卿，曾任孝文园令，患有消渴症(糖尿病)。⑦ 高明：高明的人，这里是对人的敬称。

【翻译】

　　我不是不愿意作官,无奈繁杂的公务与我的志趣相违背。昨天早晨有老百姓的呈文交上来,我就在呈文的后面写道:"故乡遥远而心情懒倦,哪能强忍着出来作官,食量很少而公务繁忙,恐怕是要客死他乡了。"虽然是一时写的几句玩笑话,然而我的心情,大约全都表达在其中了。

　　我怀着像李密那样报答祖母的深情,鄙薄温峤扯断衣襟弃家别母的冷酷,崇尚弘景挂冠辞官的气节,抱着像陶潜一样为五斗米折腰的惭愧,没有潘岳河阳一县花的闲情,但却有相如作孝文园令时的一身疾病。兼有以上种种原因,怎么能安心在地方上作官呢?以上句句实情一字不假,您一定能体谅我理解我的。

答梅客生

袁宏道

这是一封给梅国桢的回信①,写于万历二十七年。信中记述了京郊春天一派荒凉萧瑟的景象,也流露了作者对仕途生活的厌倦心情。

一春寒甚,西直门外②,柳尚无萌蘖③。花朝之夕④,月甚明,寒风割目,与舍弟闲步东直道上⑤,兴不可遏,遂由北安门至药王庙,观御河水。时冰皮未解,一望浩白,

---

① 梅国桢:字客生,一字克生,湖北麻城人,作者友人。　② 西直门:北京城门名。　③ 萌蘖(niè 涅):老树枝旁萌生的新枝条。　④ 花朝:花朝节,旧俗以农历二月十二日为百花生日,这一天为花朝节。　⑤ 舍弟:对人自称其弟弟的谦词。此指袁中道。

冷光与月相磨,寒气酸骨。趋至崇国寺,寂无一人,风铃之声,与猧吠相应答①。殿上题额及古碑字,了了可读。树上寒鸦,拍之不惊,以砾投之,亦不起,疑其僵也。忽大风吼檐,阴沙四集,拥面疾趋,齿牙涩涩有声,为乐未几,苦已百倍。数日后,又与舍弟一观满井②,枯条数茎,略无新意。京师之春如此,穷官之兴可知也。冬间闭门,著得《广庄》七篇③,谨呈教。

【翻译】

　　今年整个春天天气很冷,西直门外,柳树还没发出新枝。花朝节的晚上,月光很明亮,寒风刺眼,我和弟弟小修在东直道上散步,抑制不住游兴,于是从北安门走到药王庙,观看御河水。这时薄薄的一层冰还没有解冻,一眼望去白茫茫一片,冷冷清清的水光与月光互相融合,寒气透骨。快步走到崇国寺,寺内静悄悄的没有一个人,风铃的响声与狗的叫声互相应和。大殿上的题额和古碑上的字,清清楚楚可以读。树上的寒鸦,拍手吓它也不害怕,扔石子打它,也不飞起来,我怀疑它们已

---

① 猧(wō 蜗):小狗。　②满井:北京近郊地名。详见《满井游记》。　③《广庄》:袁宏道解释《庄子》的作品,收在《袁中郎先生文集》。

经被冻僵了。忽然大风在大殿的檐下吼叫,北风吹起的沙石从四面袭来,我们遮住脸快步走开,一咬牙便发出涩涩的响声,寻找乐趣还没有多久,已经受尽了百倍的苦。几天后,又和弟弟去观赏满井,只有几棵干枯的树,没有一点儿新鲜的意趣。京都的春天像这样,穷官的兴致可想而知了。一个冬天闭门不出,写了《广庄》七篇,恭敬地送上请你指教。

与丘长孺书

　　本文作于万历二十四年,是作者在吴县作官时,写给他的朋友丘长孺的另一封信①。信的前一部分写了丘长孺的为人,在这段戏谑洒脱的文字中也表露了作者对仕途生活的厌倦,以及作者无拘无束的开朗性格。信的后一部分,借评论丘长孺的诗,提出了"物真则贵"的文学

---

①　丘长孺:名坦,字坦之,名长孺。湖北麻城人。万历三十四年举武乡试第一,官至海州参将。善诗,工书法,喜游历。著有《南北游稿》、《度辽集》等书。万历二十四年,丘长孺还是个诸生,这年他在北方游历,后来到了金陵(今南京市)写了诗稿《北游记》,分别寄给袁氏兄弟,并请袁宗道为诗稿写序。

观点，认为成功的创作都表现作者独具的真实面目。

去岁一秦贾至①，曾寄丘郎书，书中言小修被盗事甚悉，长几丈余。来扎至②，突云无书，丘郎偶忘之耶？抑贾不甘作附书邮邪③？可怪！世人无敢不答书者，必如丘郎乃敢不书，然亦真不须书也。何也？他人无书必嗔，嗔必怪，怪必毒，丘郎即不免嗔，然决无毒我理，不须书一。丘郎所喜者，豪侠之客，妖冶之容，山水之胜，病子虽吏吴两载④，耳实未闻，眼实未见，口实未谈，顾安得如上事与丘郎描写之，不须书二。所见伊何？案牍比簿也⑤，所闻所谈伊何？扎火囤也⑥，明见万里也，着实打

---

① 秦贾(gǔ古)：指秦地的商人。秦，古国名，今陕西、甘肃一带。贾：商人。 ② 扎：书信。 ③ 附书邮：捎带书信的人。与下文"贾人之浮沉"都用了同一典故。典出《世说新语·任诞》："殷洪乔作豫章郡，临去，都下因附百许函书，既至石头(地名)，悉掷水中，因祝曰'沉者自沉，浮者自浮，殷洪乔不能作致书邮'。" ④ 病子：袁宏道自称，表示自己身在病中。 ⑤ 案牍：指官府文书之类。比簿：即比卯。古代地方官衙中差役的名册叫卯簿。催征钱粮，或缉捕罪犯，按卯簿派遣差役，定期限按时考核，如未按时完成，便杖责差役，称作比卯。 ⑥ 扎火囤：明代俗语。指民间设赌局讹骗，使人入圈套。

三十竹皮也,丘郎闻之,亦当为我解颐否耶①?不须书三。夫以三不须书之丘郎,而遇懒一忙二病三之袁仲子②,然则鳞鸿之未便③,踪迹之靡定,贾人之浮沉,又可勿论矣。

　　读来诗④,无一字不佳,五七言古及诸绝句,古质苍莽,气韵沉雄,真是作者,当为诗中第一,见在未来第一⑤。五言律不浮次之,七言律又次之。大抵物真则贵,真则我面不能同君面,而况古人之面貌乎?唐自有诗也,不必《选》体也⑥;初、盛、中、晚自有诗也,不必初、盛也。李、杜、王、岑、钱、刘⑦,下迨元、白、卢、郑各自有诗也⑧,不必李、杜也。赵宋亦然。陈、欧、苏、黄诸人⑨,有一字袭唐者乎?又有一字相袭者乎?至其不能为唐,殆是气运使然,犹唐之不能为《选》,《选》之不能为汉、魏耳。今之君子,乃欲概天下而唐之,又且以不唐病宋。

---

　　① 解颐:开颜欢笑。　② 袁仲子:袁宏道自称。在袁氏兄弟中,他排行第二,因此称"仲子"。　③ 鳞鸿:鱼雁。古人有鱼雁可以传书之说,因此代指书信。　④ 读来诗:指丘长孺分别寄给袁氏兄弟的《北游稿》。　⑤ 见:通"现"。　⑥《选》体:指《文选》所选诗歌的风格体裁,后人效法写成的诗歌,也称之为"《选》体"。　⑦ 李、杜、王、岑、钱、刘:指唐代诗人李白、杜甫、王维、岑参、钱起、刘长卿。　⑧ 元、白、卢、郑:指唐代诗人元稹、白居易、卢仝、郑谷。　⑨ 陈、欧、苏、黄:指宋代诗人陈师道、欧阳修、苏轼、黄庭坚。

夫既以不唐病宋矣，何不以不《选》病唐，不汉、魏病《选》，不《三百篇》病汉①，不结绳鸟迹病《三百篇》耶②？果尔，反不如一张白纸，诗灯一派③，扫土而尽矣。夫诗之气，一代减一代，故古也厚今也薄。诗之奇之妙之工之无所不极，一代盛一代，故古有不尽之情，今无不写之景。然则古何必高，今何必卑哉？不知此者，决不可观丘郎诗，丘郎亦不须与观之。

弟一病数月，上官已许放归矣。过团风幸出一会④，弟先遣人报知。近作颇有得意处⑤，刻成当呈。

【翻译】

去年一位秦地商人到这里，我曾托他捎给你一封信，信中很详细地谈了小修被盗的事，信纸将近一丈多长。你的来信收到了，突然说没见我的信，是你偶然忘了呢？还是商人不愿作传信人呢？令人奇怪！世上的人没有敢不回信的，一定是像你那样的人才敢不回信，然而也真不需要回信。为什么呢？别人没有回信，一定

---

① 《三百篇》：指《诗经》。 ② 结绳：文字产生以前，相传以结绳记事。鸟迹：相传仓颉造鸟形篆书。 ③ 诗灯：灯谜。这里指把写诗当作文字游戏。 ④ 团风：镇名。在今湖北黄冈西北。 ⑤ 近作：指袁宏道在吴县刻印的诗集《敝箧集》和《锦帆集》。

生气,生气一定埋怨,埋怨就一定痛恨。你即使不免生气,却绝对不会有痛恨我的道理,这是不须写信的原因之一。你所喜爱的,是豪侠一类的客人,是美女的容貌,是优美的山水。我病弱之身,虽然在吴县作了两年官,实在是耳无所闻,眼无所见,没有什么可谈的,怎么能有像你所喜爱的那些事,给你描写呢?这是不须写信的原因之二。我所看见的是什么呢?不过是官府的文书比卯而已,所听到的是什么呢?不过是赌局诈骗而已,明察审理后,就把犯人着实打他三十大板,你听了这些,是否也会为我开颜大笑呢?这是不须写信的原因之三。因为这三条不须要我回信的你,而遇上我这一懒二忙三病的袁仲子,那么,书信来往的不方便,你行迹的不定,商人是否愿意传书,这种种原因,又可以不必计较了。

　　读了寄来的诗稿,没有一个字不佳、五言、七言古诗以及那些绝句,纯朴真挚,意境深远,气韵沉厚雄健,真是写诗的高手,称得上第一流的好诗,现在未来都是第一流的。五言律诗朴实无华列为第二,七言律诗列为第三。一般地说来,诗与其他事物一样,真就可贵,真就是我的面貌不同于你的面貌,更何况古人的面貌呢?唐代自有唐代的诗风,不必拘泥《文选》的体制和风格;初唐、盛唐、中唐、晚唐各有自己的诗风,也不必拘泥于初唐和盛唐诗的体制和风格。李白、杜甫、王维、岑参、钱起、刘长卿,下至元稹、白居易、卢仝、郑谷,各有自己的诗风,不必拘泥于李白、杜甫的诗风。到了宋代也是这样。陈师道、欧阳修、苏轼、黄庭坚等人,诗中有一字是抄袭唐诗的吗?又有一字是互相抄袭的吗?至于宋诗不同于唐诗,大概是气运使它这样,就像唐诗不同于《文选》,"《文选》体"诗不同于汉魏诗歌一样。现今的文人学士,就想让天下的诗都模仿唐诗,而且又因为不像唐诗而指责宋诗。既然因为不像唐诗而指责宋诗,为什么不因为不像《文选》而指责唐诗,不像汉、魏而指责"《文选》体"诗,不像《诗经》而指责汉诗,不像结绳记事、鸟迹篆书,而指责《诗经》呢?果真那样,反而不如一张白纸,把写诗当作文字游戏的风气,就可以完全消除了。诗的气韵,一代比一代减弱,因此古诗雄厚,今诗浅薄。诗的新奇、精妙、工整、题材广阔无所不写,一代盛过一代,因此古诗有抒不完的情,今诗没有不可写的景。既然如此,那么古诗为什么就一定高雅,今诗为什么就一定卑下呢?不理解这个道理的人,绝不能看你的诗,你也不须拿诗给他看。

　　弟一病几个月,上司已经允许我辞官还乡了。我路过团风镇时,希望有幸与你见面,我将事先派人通知你。我近来的作品很有些自觉得意之处,刻印成书之后一定呈送给你。

叙 小 修 诗 ①

　　本文作于万历二十四年,是作者为他的弟弟小修写的诗序。序中品评了小修的为人和诗歌,并且提出了"独抒性灵,不拘格套"的创作主张,是公安派的重要论文之一。"独抒性灵,不拘格套",是针对当时文坛上的复古流弊提出来的,具有进步意义。至于文学创作与社会现实的联系如何,作者则没有涉及到。

　　弟小修诗,散逸者多矣②,存者仅此耳。余惧其复逸

---

　① 叙:同"序"。序文,序言。小修:袁中道,字小修。
　② 逸:通"佚"。散失、亡失。

也,故刻之①。弟少也慧,十岁余即著《黄山》、《雪》二赋②,几五千余言③,虽不大佳,然刻画钉饾④,傅以相如、太冲之法⑤,视今之文士矜重以垂不朽者,无以异也。然弟自厌薄之,弃去。顾独喜读老子、庄周、列御寇诸家言⑥,皆自作注疏,多言外趣⑦,旁及西方之书⑧,教外之语⑨,备极研究。既长,胆量愈廓,识见愈朗,的然以豪杰自命⑩,而欲与一世之豪杰为友。其视妻子之相聚,如鹿豕之与群而不相属也⑪;其视乡里小儿,如牛马之尾行而不可与一日居也。泛舟西陵⑫,走马塞上⑬,穷览燕、赵、齐、鲁、吴、越之地⑭,足迹所至,几半天下,而诗文亦因之

---

① 刻:刻印。 ②《黄山》、《雪》二赋:袁中道早期作品,未收入小修文集,今已失传。 ③ 几(jī机):将近。 ④ 钉饾(dìng dòu 订豆):也作"饾钉"。本指堆放在盘中供陈设的果蔬,借指文章堆砌辞藻。 ⑤ 傅:通"附",加上。相如:司马相如,西汉著名辞赋家,著有《子虚》、《上林》等赋。太冲:左思,字太冲,晋代辞赋家。著有《三都赋》。 ⑥ 列御寇:人名,战国时代郑人。著有《列子》八篇(今本《列子》八卷不是原作)。与老子、庄子均属道家。 ⑦ 外趣:指道家的世外情趣。 ⑧ 西方之书:指佛教经典和言论。 ⑨ 教外之语:义同注⑧。 ⑩ 的(dì地)然:明白、显著的样子。 ⑪ 属(zhǔ主):关连。 ⑫ 西陵:西陵峡。在今湖北宜昌西北。 ⑬ 塞上:泛指北方地区。这里指当时的边塞重镇宣府、大同。 ⑭ 燕、赵、齐、鲁、吴、越:指今河北、山西、山东、江苏、浙江等地。

以日进。大都独抒性灵,不拘格套①,非从自己胸臆流出,不肯下笔。有时情与境会,顷刻千言,如水东注,令人夺魄。其间有佳处,亦有疵处,佳处自不必言,即疵处亦多本色独造语。然予则极喜其疵处;而所谓佳者,尚不能不以粉饰蹈袭为恨,以为未能尽脱近代文人气习故也。

盖诗文至近代而卑极矣,文则必欲准于秦、汉,诗则必欲准于盛唐,剿袭模拟②、影响步趋③,见人有一语不肖者④,则共指以为野狐外道⑤。曾不知文准秦、汉矣,秦、汉人曷尝字字学《六经》欤⑥?诗准盛唐矣,盛唐人曷尝字字学汉、魏欤?秦、汉而学《六经》,岂复有秦、汉之文?盛唐而学汉、魏,岂复有盛唐之诗?唯夫代有升降,而法不相沿,各极其变,各穷其趣,所以可贵,原不可以优劣论也。且夫天下之物,孤行则必不可无;必不可无,虽欲废焉而不能。雷同则可以不有;可以不有,则虽欲存焉而不能。故吾谓今之诗文不传矣。其万一传者,或

---

① 独抒性灵,不拘格套:指文学创作要抒发作者的真实感情,不受格式及成法的束缚。性灵,犹言性情。 ② 剿(chāo 抄)袭:抄袭。 ③ 影响步趋:如影随形,如响随声,亦步亦趋。 ④ 肖(xiào 笑):类似。 ⑤ 野狐外道:犹言邪门歪道。此处指违反传统的不正当的派别。 ⑥ 曷尝:何尝。《六经》:指《易》、《书》、《诗》、《礼》、《乐》、《春秋》六种儒家典籍。

今闾阎妇人孺子所唱《擘破玉》《打草竿》之类①,犹是无闻无识真人所作,故多真声。不效颦于汉、魏②,不学步于盛唐③,任性而发,尚能通于人之喜怒哀乐嗜好情欲,是可喜也。

盖弟既不得志于时,多感慨;又性喜豪华,不安贫窘;爱念光景④,不受寂寞。百金到手,顷刻都尽,故尝贫;而沉湎嬉戏,不知樽节⑤,故尝病;贫复不任贫,病复不任病,故多愁。愁极则吟,故尝以贫病无聊之苦,发之于诗,每每若哭若骂,不胜其哀生失路之感⑥。予读而悲之。大概情至之语,自能感人,是谓真诗,可传也。而或者犹以太露病之,曾不知情随境变,字逐情生,但恐不

---

① 闾阎(lú yán 驴炎):里巷的门,借指平民居住的地区。《擘破玉》《打草竿》:明代万历年间民间流行的民歌曲调。 ② 效颦:比喻拙劣的模仿使效果适得其反,语出《庄子·天运》。相传越国美女西施心痛皱眉,更加娇美;丑女东施也学着皱眉,反而越发丑陋了。 ③ 学步:用"邯郸学步"的典故,比喻模仿照搬,越学越糟。典出《庄子·秋水》,是说燕国少年到赵国都城邯郸学习赵人的走路步法,学未成,反而连原先的步法也忘了,只好爬着回燕国。 ④ 光景:指热闹场面。 ⑤ 樽(zūn 尊)节:节制。樽,通"撙"。 ⑥ 哀生:典出《庄子·齐物论》,庄子看到小虫螮蛄生命短暂而叹息。失路:典出《列子·说符》,是说杨朱见歧路而哭泣,因为岔路太多,可南可北,不知所从;比喻事理复杂多变,没有正确方向,易入歧途。

达,何露之有?且《离骚》一经①,忿怼之极②,党人偷乐③,众女谣诼④,不揆中情,信谗斋怒⑤,皆明示唾骂,安在所谓怨而不伤者乎⑥?穷愁之时,痛哭流涕,颠倒反覆,不暇择音,怨矣,宁有不伤者?且燥湿异地,刚柔异性,若夫劲质而多怼,峭急而多露,是之谓楚风⑦,又何疑焉!

①《离骚》:《楚辞》中的篇名。战国时代屈原所作。汉代刘向编集《楚辞》,尊为《离骚经》。 ②怼(duì对):怨恨。 ③党人偷乐:语出屈原《离骚》"惟夫党人之偷乐兮,路幽昧以险隘"。党人,指朝廷内结党营私的小人。 ④众女谣诼:语出《离骚》"众女嫉余之蛾眉兮,谣诼谓余以善淫",意思是,"众女嫉妒我容貌美丽,造谣说我淫荡"。众女,比喻嫉贤妒能的小人。谣诼:造谣诽谤。 ⑤不揆(kuí葵)中情,信谗斋(jì济)怒:语出《离骚》"荃不察余之中情兮,反信谗而斋怒"。揆,推测,揣度。斋,本指用猛火烧饭,引申为盛怒。 ⑥怨而不伤:怨恨而不伤害身心。指不要使感情过分流泄。语出《论语·八佾》"子曰:《关雎》乐而不淫,哀而不伤"。司马迁在《史记·屈原贾生列传》中评论《离骚》说:"信而见疑,忠而被谤,能无怨乎?屈平之作《离骚》,盖自怨生也。《国风》好色而不淫,《小雅》怨诽而不乱。若《离骚》者,可谓兼之矣。" ⑦楚风:楚人的风格。屈原是楚人。这里指小修诗风继承了屈原以来楚地的传统特点。

【翻译】

　　我弟弟小修的诗，散失的太多了，保存下来的只有这一些。我怕这些诗又再散失，所以刻印成集。弟弟小时候就很聪慧，十多岁就写了《黄山》和《雪》两篇赋，将近五千多字，虽然不十分高明，然而刻意雕琢，堆砌词藻，再加以司马相如和左思的笔法，比照今天文人们夸耀推重并认为可以传世的作品，也没有什么两样。然而弟弟自己却讨厌轻视它，丢弃了。而唯独喜欢读老子、庄子、列御寇各家的论著，都自己作了注疏，注疏中多谈论道家的世外情趣。旁及西方的佛教经典，佛家言论，全都认真研究。年长以后，器度更开阔了，见识更高了，明显地以豪杰自居，而愿意与当世的豪杰交朋友。他把与妻儿生活在一起，看作像鹿与猪相伴而不相干；他把乡里小儿，看作如同牛马跟随在后而不能同他们片刻相处。他曾经乘船游览西陵，骑马奔驰塞上，尽情游览了燕、赵、齐、鲁、吴、越等地，足迹所到，几乎半个中国，而他的诗歌和文章也因此日有长进。这些诗文大都抒发自己独特的性情灵感，不被格套所束缚，不是激情从内心奔涌而出，就不肯动笔。有时感情和境遇相合，顷刻间洋洋千言，像江水浩浩东流，读起来使人神驰意往。这些作品中，有精彩之处，也有粗浅之处。精彩之处自然不必说了，就是粗浅之处，也多是发自内心的独创的语言。然而我却很喜欢这些粗浅之处；所说的精彩之处，却往往因为过于雕饰沿袭，使人感到遗憾，因为没能完全摆脱近代文人习气的缘故。

  诗文到了近代就卑下极了，文章一定要以秦、汉为标准，诗歌一定要以盛唐为标准，抄袭模拟，如影随形，如响随声，亦步亦趋，发现别人有一句话不像古人，就一同指责，认为是邪门歪道。岂不知文章以秦、汉为标准了，秦、汉人何尝字字模仿《六经》？诗以盛唐为标准了，盛唐人何尝字字模仿汉、魏呢？要是秦、汉人模仿《六经》，哪里还有秦、汉的文章？要是盛唐人模仿汉、魏，哪里还有盛唐的诗歌？时代有发展变化，而法则不能沿袭，尽量施展各自的变化，充分表现各自的情趣，这才是难能可贵的？根本不能评论它们的优劣。况且天下的事物，独特的就一定不能没有；一定不能没有，即使想否定它也是不可能的。雷同就可以不存在；可以不存在，则即使保存它也是不可能的。所以我认为，现在的诗文是不能流传下去的。其中万分之一能传下去的，大概是现今街头巷尾妇女儿童唱的《擘破玉》、《打草竿》一类的民歌，它们却是不知名没学问的，有真情至性的人所作，所以多真情实感，不向汉、魏效法，不向盛唐学步，随任感情而创作，而且能与人的喜怒哀乐嗜好情欲互相沟通，这才是令人欣喜的。

弟弟小修既然在当今时代不能施展自己的抱负，就有很多感慨；又加上生性喜欢豪华，不能安于贫穷困窘；喜爱热闹场面，不能忍受寂寞。百金到手，很快都用完，所以常常贫穷；而酗酒玩乐，不懂得节制，所以常常生病；贫穷而又不堪忍受贫穷困窘，患病又禁不起疾病折磨，所以多愁。愁到了极点就作诗，因此常常把贫病无奈的痛苦，在诗中抒发出来，往往似哭似骂，不堪忍受哀痛人生，走投无路的感慨。我读了很为他悲伤。大凡情真意切的语言，自然能使人感动，这样的诗才能称得上真正的诗，才可能流传后世。但是或许有人认为感情太露而指责他，岂不知感情随着境遇而变化，文辞随着感情而产生，只怕表达不明白，还有什么感情太露可言呢？况且像《离骚》所表达的感情，气愤怨恨达到极点，其中"结党营私的小人偷安享乐"，"逸人们造谣诽谤"，"不体察我的衷情，听信谗言而暴怒"，都明白地表示了痛骂，所说的"怨恨而不伤害"表现在什么地方呢？人在穷困愁苦之极的时候，痛哭流涕，言语颠倒重复，没有闲暇去选择言语，怨恨极了，哪有不伤害的呢？况且各地气候干湿不同，而形成了性格刚柔之异。如果刚劲质直而又多怨愤，严厉急躁而又多直率，这就是楚人的风格，又有什么可以怀疑的呢？

徐 文 长 传

本文作于万历二十七年。这是一篇富有特色的传记文学作品。作者抓住徐文长的性格特征①,突出了他的奇才、奇人、奇事,从而揭示了一个才华横溢的知识分子怀才不遇的悲剧人生。在徐文长身上,倾注了作者的爱憎,表现了作者对人生对社会的洞察力。文中开头,由"不觉惊跃"到"读复叫,叫复读"的一段描写,出笔不凡,引人入胜。结尾对徐文长一生的评析也颇意味深长。

---

① 徐文长:徐渭,初字文清,后来改字文长。明代戏曲作家,诗人,书画家。浙江山阴(今绍兴)人。

余一夕坐陶太史楼①，随意抽架上书，得《阙编》诗一帙②，恶楮毛书③，烟煤败黑，微有字形。稍就灯间读之，读未数首，不觉惊跃，急呼周望："《阙编》何人作者？今邪古邪？"周望曰："此余乡徐文长先生书也。"两人跃起，灯影下读复叫，叫复读，僮仆睡者皆惊起。盖不佞生三十年④，而始知海内有文长先生，噫，是何相识之晚也！因以所闻于越人士者⑤，略为次第，为《徐文长传》。

徐渭字文长，为山阴诸生⑥，声名藉甚⑦。薛公蕙校越时⑧，奇其才，有国士之目⑨。然数奇⑩，屡试辄蹶⑪。

---

① 陶太史：陶望龄字周望，号石篑，会稽人。因作过翰林院的官，因此称为太史。是公安派的成员之一，袁宏道的朋友。　② 《阙编》：徐渭生前编的诗集。本为漏编，这里作书名。帙（zhì 智）：用布帛制成的书套。后来称一套书为一"帙"。　③ 恶楮（chǔ 楚）毛书：指纸质粗糙装订简陋的书。楮，树名。楮皮可以造纸，古人也称纸为"楮"。　④ 不佞：自称的谦词。本义指没有才能。　⑤ 越：周代诸侯国名。这里指越地，即今浙江一带。　⑥ 诸生：明代称被录取入府、州、县学的生员为诸生。徐渭十九岁入山阴县学，八次应乡试都没被录取，终生都是一名山阴秀才。　⑦ 藉（jí 疾）甚：同"籍甚"，显盛，盛大。　⑧ 薛公蕙：薛蕙，字君采。明正德九年进士，官至吏部考功司郎中，曾任山阴乡试考官。校：校官，也就是学官。　⑨ 国士：一国的杰出人物。　⑩ 数奇（jī 机）：运气不好。数，气数，命运。　⑪ 蹶（jué 决）：本义是跌倒，这里指受挫折。

中丞胡公宗宪闻之①,客诸幕②。文长每见,则葛衣乌巾③,纵谈天下事。胡公大喜。是时公督数边兵,威振东南,介胄之士④,膝语蛇行,不敢举头,而文长以部下一诸生傲之,议者方之刘真长、杜少陵云⑤。会得白鹿,属文长作表,表上,永陵喜⑥。公以是益奇之,一切疏记⑦,皆出其手。

　　文长自负才略,好奇计,谈兵多中,视一世士无可当意者,然竟不偶⑧。文长既已不得志于有司⑨,遂乃放浪曲蘖⑩,恣情山水,走齐、鲁、燕、赵之地⑪,穷览朔漠⑫,其

① 中丞：官名。明代以副都御史或佥都御史出任巡抚，称作中丞。胡公宗宪：胡宗宪，明嘉靖十七年进士，后来任浙江巡抚，加右都御史衔，所以称中丞。　② 幕：幕府，就是官署。客诸幕：指请徐渭在胡宗宪的官署当参谋、书记之类的幕僚。　③ 葛衣乌巾：指葛麻布的衣裳，黑色的头巾。这是一般平民服饰，不是官员的装束。　④ 介胄之士：指戎装的将士。介胄，即甲胄，古代军人穿的铠甲，戴的头盔。　⑤ 方：比拟，比作。刘真长：刘惔(tán 潭)，字真长，东晋简文帝司马昱(yù 育)的宰相。杜少陵：唐代诗人杜甫，自号少陵野老，曾作过剑南节度使严武的幕僚。　⑥ 永陵：明世宗朱厚熜的墓名，这里代指朱厚熜。　⑦ 疏记：指奏疏和书信、公文之类。　⑧ 不偶：同"不耦"，遭遇不顺利，不得志。　⑨ 有司：官吏。古代设官分职各有专司，因此称"有司"。　⑩ 曲蘖(niè 聂)：本义指酿酒用的酵母，这里代指酒。　⑪ 齐、鲁、燕、赵：指今山东、河北、山西一带地方。　⑫ 朔漠：指北方沙漠地区。

所见山奔海立,沙起云行,风鸣树偃,幽谷大都,人物鱼鸟,一切可惊可愕之状,一一皆达之于诗。其胸中又有勃然不可磨灭之气,英雄失路托足无门之悲,故其为诗,如嗔如笑,如水鸣峡,如种出土,如寡妇之夜哭,羁人之寒起①,虽其体格时有卑者,然匠心独出,有王者气,非彼巾帼而事人者所敢望也②。文有卓识,气沉而法严,不以模拟损才,不以议论伤格,韩、曾之流亚也③。文长既雅不与时调合④,当时所谓骚坛主盟者⑤,文长皆叱而奴之,故其名不出于越,悲夫!喜作书⑥,笔意奔放如其诗,苍劲中姿媚跃出,欧阳公所谓"妖韶女老,自有余态"者也⑦。间以其余,旁溢为花鸟,皆超逸有致。卒以疑杀其继室⑧,下狱论死,张太史元汴力解乃得出⑨。

---

① 羁人:客居外乡的人。 ② 巾帼:本指古代妇女的头巾和发饰,借指妇女。 ③ 韩、曾:唐代文学家韩愈和宋代文学家曾巩。 ④ 雅:素常,平常。 ⑤ 骚坛主盟者:诗坛领袖。指当时"后七子"代表人物王士贞等人。骚坛:屈原作《离骚》,后来称诗为骚,因此骚坛也就是诗坛或文坛。 ⑥ 书:书法。徐渭善行草。 ⑦ "妖韶女老,自有余态":语见宋代文学家欧阳修《水谷夜行寄子美圣俞》:"譬如妖韶女,老自有余态。"意思是,美女老了,风韵犹存。 ⑧ 疑杀其继室:徐渭四十六岁时,神经病发作,疑心他的后妻张氏不贞,并且将她杀死,因此被下狱判以死刑。 ⑨ 张太史元汴:张元汴,字子荩,山阴人。曾任翰林院修编,因此称为太史。徐渭的朋友。

晚年愤益深,佯狂益甚,显者至门,或拒不纳。时携钱至酒肆,呼下隶与饮①。或自持斧击破其头,血流被面,头骨皆折,揉之有声。或以利锥锥其两耳,深入寸余,竟不得死。周望言:"晚岁诗文益奇,无刻本,集藏于家。"余同年有官越者②,托以抄录,今未至。余所见者,《徐文长集》、《阙编》二种而已。然文长竟以不得志于时,抱愤而卒。

石公曰③:"先生数奇不已,遂为狂疾;狂疾不已,遂为囹圄④。古今文人牢骚困苦,未有若先生者也。虽然,胡公间世豪杰,永陵英主,幕中礼数异等,是胡公知有先生矣;表上,人主悦⑤,是人主知有先生矣。独身未贵耳。先生诗文崛起,一扫近代芜秽之习,百世而下,自有定论,胡为不遇哉⑥?梅客生尝寄余书曰⑦:"文长吾老友,病奇于人,人奇于诗。"余谓文长无之而不奇者也。无之而不奇⑧,斯无之而不奇也⑨,悲夫!

---

① 下隶:仆役之类。 ② 官越:在越地作官。 ③ 石公:袁宏道号石公。 ④ 囹圄(líng yǔ 玲羽):监狱。 ⑤ 人主:指皇帝,这里承上文指明世宗。 ⑥ 不遇:不被赏识,不得志。 ⑦ 梅客生:梅国祯字客生,参见《答梅客生》。 ⑧ 奇(qí 其):奇异,奇特。 ⑨ 奇(jī 机):命运不好,遭遇不际。

【翻译】

　　一天晚上,我坐在陶太史家的楼上,随意抽着书架上的书,翻到一套《阙编》诗集,纸质粗劣,装订毛糙,墨印模糊,约略可见字迹。稍靠近灯下读它,读了不到几首诗,不觉惊喜得跳起来,急忙呼喊周望:"《阙编》是谁写的书?今人呢,还是古人呢?"周望说:"这是我的同乡徐文长先生的书。"我们两人高兴地跳起来,在灯光下读了又叫,叫了又读,睡着了的僮仆都惊醒起来了。我这个人活了三十年,才知道天下有个文长先生,唉!为什么知道得这么晚呢!于是我把从越地人那里听到的关于先生的事,稍加编列整理,写了《徐文长传》。

　　徐渭字文长,是山阴县的诸生,名声很大。薛蕙公在越地任学官时,很赏识他的才华,认为他是一国的杰出人物。然而徐渭运气不好,屡次乡试总是失败。浙江巡抚胡宗宪公听说了此人,聘请他在官署当幕僚。文长每次入见,就穿着葛麻布衣,戴黑头巾,畅谈天下大事。胡公很高兴。当时,胡公正督率几支边镇的军队,威振东南,披甲戴盔的将士,在他面前跪着说话,像蛇一样爬着向前,不敢抬起头来。而文长却凭胡公部下一个诸生的身份傲然相处,当时议论的人把他比作刘真长、杜少陵。这时正遇上胡公得到一头白鹿,嘱咐文长写了一篇奏章,奏章呈上去,明世宗看了很高兴。胡公因此更加看重他，一切公文、书信都出自徐文长之手。

　　文长对于自己的才能和智谋都很自负，喜欢提出奇异的计谋，谈论军事大都切中要害，在他眼里，当时的文人没有一个他中意的，然而遭遇却不顺利。文长既然在官场上不得志，于是纵酒狂饮，恣情山水，漫游齐、鲁、燕、赵等地，饱览北国大漠风光，他所见到的山峦奔驰，海涛拥立，沙石飞扬，流云漂涌，狂风呼啸，树木倒伏，幽深的峡谷，繁盛的城市，以及人、物、鱼、鸟，一切使人震骇惊讶的景象，都一一表达在他的诗歌里。他的胸中又有奋发不可磨灭的气概，英雄无路可走而又无处容身的悲愤。所以他写的诗，像是愤怒，像是狂笑，像水在峡谷中轰鸣，像种子破土而出，像寡妇深夜哭泣，像游子寒夜惊起。虽然这些诗在体制格调上或有卑弱的，然而匠心独运，有王侯的气度，决非那些女人般侍俸他人的诗人所敢企望的。他的文章有卓越的见识，文气深沉而法度严谨，不因为模拟而减弱才气，不因为议论有伤格调，这是韩愈、曾巩这一类人的作品啊。文长既然素不与时论相合，当时的所谓诗坛盟主，文长都叱责并鄙视他们，因此他的名声不能传出越地，可悲呀！他喜欢写字，笔意奔放像他的诗，苍劲中又显露出妩媚的意态，这正是欧阳修公所谓"美艳的女子老了，自还有他的风姿余韵"呵。文长间或用剩余的精力，另外从事花鸟画创作，所画的画都很超逸而富于情致。后来因为猜疑,杀死了他续弦的妻子,被送进监狱判了死罪,张太史元汴极力解救,才被放了出来。

文长晚年,悲怨更深了,颠狂病更重了,显贵人物上门,有时拒不接纳。他时常带了钱到酒店去,招呼低贱的奴仆一起饮酒。有时他拿起斧子击破自己的头,血流满面,头骨都折断了,按揉伤口发出响声。有时用锐利的锥子戳自己的两个耳朵,深入一寸多,竟然没死。周望对我说:"徐文长晚年的诗文更加奇异,没有刻本,只编成集子收藏在家中。"我的同年友人中有在越地作官的,我托他抄录,至今没送来。我所看到的,只是《徐文长集》和《阙编》这两种罢了。然而徐文长终于因为不得志于当时,怀着悲愤而死。

石公认为:"徐文长遭遇一直不好,因此才患了狂病,狂病一直不愈,因此才进了监狱。从古至今的文人抑郁不平,经历困苦,还没有像先生这样的呵。虽然如此,胡公是旷世的豪杰,世宗是英明的帝王。在幕府中徐文长受到的礼遇不同于他人,这是胡公赏识先生了;奏章呈上,皇帝很高兴,这是皇帝赏识先生了。只是先生身份没有显贵而已。先生的诗文崛起,一扫近代杂乱污浊的习风,百世之后,自有定论,怎么能说得不到赏识呢?梅客生曾在寄给我的信中说:"徐文长是我的老朋友,他的病比本人奇特,他本人又比他的诗奇特。"我认为文长没有一处不奇的,没有一处不奇,这就是他无处不倒霉的原因,可悲啊!

怀　龙　湖①

这是作者写的一首怀念李贽的诗,写于万历二十一年。诗中表达了袁宏道对李贽的无比敬仰和深厚情谊。

汉阳江雨昔曾过②,岁月惊心感逝波。

---

① 龙湖:李贽,因长期居住在湖北麻城的龙湖,因此有"李龙湖"的称号。　② 汉阳:地名,即今湖北汉阳。袁宏道曾由公安县去麻城拜访李贽,沿长江经汉阳。

老子本将龙作性①,楚人元以凤为歌②。
朱弦独操谁能识③,白颈成群尔奈何④!
矫首云霄时一望,别山长是郁嵯峨⑤。

【翻译】

　　当年我曾冒着江雨从汉阳经过,
　　惊心动魄的岁月如浩浩逝波。
　　老子本以龙的非凡为本性,
　　楚人也曾讥笑孔丘而唱过《凤歌》。
　　先生独奏琴瑟谁能赏识,
　　鸦鹊成群鼓噪你又为之奈何!
　　举头遥对云天时时翘望,
　　先生归隐的高山永远苍郁巍峨。

----

　　①"老子"句:老子是春秋时期的思想家。孔子曾称道老子,说:"吾今日见老子,其犹龙邪!"(见《史记·老子韩非列传》)本义是说老子的道,像云中的龙,深不可测。后来以"犹龙"作为老子的代称,又转指有道之士。此处用来比喻李贽。
　　②"楚人"句:典出《论语·微子》。孔子到楚国,楚狂人接舆在孔子门前,唱歌讽刺孔子"凤兮凤兮,何德之衰?往者不可谏,来者犹可追"。李白也有"我本楚狂人,凤歌笑孔丘"的诗句(见《庐山遥寄卢侍御虚舟》)。元:通"原",本来,原来。
　　③朱弦:乐器上的红色丝弦。操:弹琴。　④白颈:白颈鸦鹊之类。此处指围攻李贽的人。　⑤别山:他山,指李贽隐居的山林。嵯(cuó错阳平)峨:形容山势高峻。

出 郭①

袁宏道

本诗是作者于万历二十二年,在湖北公安时所作。诗中描绘了一幅秋收季节鱼米之乡的生活画面。着笔虽平淡,却洋溢着生活情趣。

稻熟村村酒,鱼肥处处家。
轻舠粘水去②,独鸟会飞斜。
落日流红浪,长江徙白沙。
山僧迎客喜,颠倒着袈裟③。

① 出郭:出城。郭,外城。 ② 轻舠:指轻舟。舠,通"刀",小船。 ③ 袈裟(jiā shā 加沙):梵语的音译,指和尚的法衣。

【翻译】

　　稻子熟了,村村飘酒香,
　　鱼儿肥了,家家把网撒。
　　船儿贴着水面轻轻荡去,
　　孤独的鸟儿正在风中飞斜。
　　落日映出了滚滚的红浪,
　　江水推涌着岸边的白沙。
　　山僧迎接客人多高兴,
　　匆匆忙忙却穿反了袈裟。

赠江进之(其一)

袁宏道与江进之同年中进士①,袁宏道任吴县知县,江进之任长洲知县,长洲与吴县同城而治,一个城东一个城西,仅隔锦帆径,二人过往唱和甚密。《赠江进之》组诗共八首,本诗写于万历二十四年。诗中写了江进之的清廉和爱民。

---

① 江进之:江盈科,字进之,号渌萝山人。桃源(今湖南桃源)人。袁宏道的朋友,公安派的主要人物之一。

其 一

苑花经四果①,门柳近千枝②。
年俭迟君俸,官贪独我知。
痛民心似病,感事泪成诗。
不是催科拙③,由来薄茧丝④。

【翻译】

园里的花木结果已经四年,
上千株垂柳栽满了门前。
年成荒歉你的俸钱常拖欠,
为官清贫只有我最了然。
哀痛民生成了你的心病,
感慨时事眼泪化作诗篇。
不是催租收税缺少办法,
你从来就鄙视横征暴敛。

---

① 苑花:本指园林的花,此处借指翰苑。句意是说江进之中进士已经四年了。 ② 门柳:喻指学生和拥戴者。 ③ 科:课税,赋税。 ④ 茧丝:此处比喻赋税繁重,像剥茧抽丝一样。

湖　　上

袁宏道

万历二十五年,作者第一次游杭州西湖,完全被西湖的春景陶醉了。诗中描绘了莺歌,山峦,茶的嫩叶,竹的新枝,芳草,花香以及遍地的落红。渲染出了西湖初春的一片旖旎多姿的景色。写景之中,又透露出自己的真切感受和欣喜的心情。

流莺舌倦语初歇①,画峦微点梨花雪。

---

① 流莺:又名黄鹂、黄莺。初春始鸣,因又名告春鸟,鸣声婉转如歌声。

茶叶白抽四五旗①,竹孙斑裹两三节②。
芳草如绵陷归辙,花气熏人醒不得。
落红雨过更愁人,六桥十里猩猩血③。

【翻译】

黄莺唱倦歌声刚刚停歇,
如画的山峦妆点着梨花似雪。
山茶已伸出白绒绒的四五片旗叶,
竹枝还裹着绿斑斑的两三截嫩节。
绵软的芳草陷着晚归的车轮,
飘溢的花香熏醉了游客。
雨打花落使人惆怅,
六桥十里啊,遍地胭脂色。

---

① 旗:指茶的顶芽。旗枪茶,绿茶的一种,类似龙井茶,产于浙江。这种茶由带顶芽的小叶制成,其叶伸展似旗,芽尖似枪,因此得名。 ② 竹孙:或名孙竹,指从竹子根部发出的新枝。 ③ 六桥:西湖苏堤上的六座桥。猩猩血:指红色。

游　满　井①

袁宏道

本诗是万历二十六年作者游满井所记。诗的前四句,抒写了作者对满井的偏爱。后四句描绘了满井的风光。作者欣赏自然美,诗中洋溢着浓郁的市俗生活气息。

怪我频来去,无樽亦啸歌②。
店荒酤酒浊③,僧近施茶多。
竹里分黄阙④,波间语翠娥⑤。

---

① 满井:北京近郊地名,详见第83页注①。　② 樽(zūn尊):同"罇",盛酒器,这里借指酒。　③ 酤(gū姑):卖酒。　④ 黄阙:指宫殿。　⑤ 翠娥:本指美女修长的眉毛。也代指美女。这里指年轻的姑娘。

溪光最胜处,高柳荫长坡。

【翻译】

　　别人奇怪我常来常往,
　　不饮酒也要纵情高歌。
　　偏远的小店卖的老酒很浓浊,
　　邻近的山僧殷勤待我茶水多。
　　翠竹深处隐隐现出殿堂楼阁,
　　水上清波把村姑的笑语传过。
　　溪光辉映最使人沉醉的地方呵,
　　还是高高柳荫下那绵延的山坡。

显灵宫集诸公以城市山林为韵①（其二）

袁宏道

本诗作于万历二十七年。作者在京与友人游显灵宫，分别以城、市、山、林为韵，各赋诗一首，第二首，以"市"为韵。当时明王朝朝政日衰，民怨沸腾，袁宏道正在京作官，他不满朝廷的政治，又无力抗争。诗中表达了他这种愤懑而又无可奈何的心情。

野花遮眼酒沾涕②，塞耳愁听新朝事。

---

① 显灵宫：在北京西郊，建于明成祖永乐年间，是明代京都名胜之一。　② 涕：泪。

邸报束作一筐灰①,朝衣典与栽花市②。
新诗日日千余言,诗中无一忧民字。
旁人道我真聩聩③,口不能答指山翠。
自从老杜得诗名④,忧君爱国成儿戏。
言既无庸默不可⑤,阮家那得不沉醉⑥?
眼底浓浓一杯春⑦,恸于洛阳年少泪⑧!

【翻译】

野花遮住了醉眼,杯酒沾着泪痕;

塞住双耳,怕把那新朝时事听。

将邸报扔进筐里,让它落满灰尘;

朝衣典当花市上,换回花苗一盆。

---

① 邸报:汉、唐代地方官吏在京都设官邸,邸中传抄诏令奏章等,传报给郡国或诸藩,称为"邸报"。后来指内阁和六部抄发的朝廷官报。 ② 朝衣:旧时官吏上朝穿的官服。 ③ 聩聩(kuì愧):不明事理,昏聩。 ④ 老杜:指唐代爱国大诗人杜甫。 ⑤ 无庸:无用。 ⑥ 阮家:指阮籍,三国魏文学家。"竹林七贤"之一。博学善诗,尤好老庄,喜弹琴长啸,纵酒谈玄,常独自驾车出游,途穷痛哭而返。以"痴"在魏晋交替的乱世中自保。(事见《晋书·阮籍传》) ⑦ 春:古人多称酒为"春"。 ⑧ 洛阳年少:指贾谊,汉代著名政论家、辞赋家。洛阳(今河南洛阳东)人。曾写了《陈政事疏》(又名《治安策》)论说当时形势,其中有"可为痛哭者一,可为流涕者二"两句。

天天吟哦新诗，下笔千言；
诗中全无一处抒写黎民忧愤。
旁人冷眼看我，道我昏聩无能；
我不能说什么，只有指指那青翠的山林。
自从杜甫诗名传扬，
忧君爱国变成儿戏，无人认真。
说了也无用，沉默又不行；
我怎能不像阮籍，在酒醉中沉沦？
喝干眼前这浓浓的一杯酒啊，
那不尽的泪水，
超过了年少贾谊的痛苦和哀忧。

盘 山 顶

盘山,在今天津蓟县西北,以山势盘旋得名,也称作盘龙山。山高峻奇险,景色变化多姿。《长安客话·五》记载说:"多泉多松,最多怪特者石,石皆锐下而丰上,故多飞动。"袁宏道游盘山是在万历二十七年七月,他偕同十人,直登盘山顶峰,写了散文《盘山记》,记述这次游山。在这首诗中,作者用生动的比喻,形象地描绘了盘山高峻奇险的风姿,语言清新,意境开阔。

摩天抽碧篸①,俯不见鸟背。

西日照塔轮②,影落重边外③。

峨髻瘦仙人,玉冠苍水佩④。

貌古骨奇清,见者肃而拜。

浮空日嬲云⑤,足底呈光怪⑥。

或聚或披丝,或舞或澎湃。

千里听风铃⑦,飞花落羶塞⑧。

一萍一青山,一点一人界。

袁宏道

【翻译】

　　盘山像顶天伸出的碧玉簪,

　　低头俯瞰望不见飞鸟的背。

　　夕阳照着高高的塔轮,

---

　　① 篸(zān簪):通"簪",别在发髻上的首饰。　② 塔轮:宝塔顶上的相轮,即塔上的槃盖。盘山顶有定光佛舍利塔,在盘山主峰桂月峰上。塔建于唐代,为八角三层砖筑。塔旁的摩崖刻有"去天五尺","一览众山小"等字。　③ 边外:塞外。作者《游盘山记》中有"上为窣堵波(梵语,佛塔),日光横射,影落边外",极言山高。　④ 玉冠苍水佩:以玉石为冠,以苍水为佩。佩,这里指绿水环绕。人称盘山的景色是"上盘之松,中盘之石,下盘之水"。　⑤ 嬲(niǎo袅):戏弄,戏玩。　⑥ 光怪:形容云彩的形状和色彩变幻奇异。　⑦ 风铃:悬在塔檐下的铃。　⑧ 羶塞:指内蒙古边界一带。

塔影落在边塞之外。

盘山像发髻高耸的瘦仙人，

玉石的帽子，苍水是环佩。

他的相貌古雅资质清奇，

游人见了恭恭敬敬向他礼拜。

阳光狎戏着山中的云霞，

脚下的暮霭幻出千奇百怪。

忽而聚成白云朵朵，

忽而散作缕缕霞彩。

有的翩翩起舞，

有的汹涌澎湃。

声声塔铃传遍千里之外，

纷纷落花飘向茫茫大漠边塞。

一朵朵浮萍是一座座青山，

一点一点啊，那是人间的世界。

竹枝词（其二、其十二）

袁宏道

　　万历三十年，作者在沙市以《竹枝词》的民歌形式写了一组诗①，共十二首，这里仅选了其中的两首。诗中谴责了宦官税吏的横征暴敛，反映了百姓深受虐害的悲惨遭遇。

---

　　① 竹枝词：乐府名。本为巴渝一带的民歌，内容多描写当地风俗和男女恋情，形式为七言绝句。唐代刘禹锡等诗人开始仿作，后代诗人仿作者亦不少。

其 二

雪里山茶取次红①,白头孀妇哭春风②。
自从貂虎横行后③,十室金钱九室空。

【翻译】

雪里的山茶花啊,分外艳红,
春风中白发寡妇哀哀放悲声。
自从宦官如狼似虎横行以后,
十家有九户啊,被搜刮一空。

其 十 二

贾客相逢倍悯然④,梗、楠、杞、梓下西川⑤。

---

① 山茶:山茶花,冬春开花,颜色火红艳丽。取次:任意,随意。 ② 孀妇:寡妇。 ③ 貂虎:指宦官。汉代宦官冠上饰以貂尾和金珰两种饰物,后来把"貂珰"作为宦官的代称。宦官横行似虎故称"貂虎"。明万历中期,朝廷开始派宦官任矿监、税使,到处搜刮民财,无恶不作。 ④ 贾(gǔ古)客:商人。悯然:失意的样子。 ⑤ 梗、楠、杞、梓:四种优质木材,盛产于湖北、四川等地。西川:泛指蜀地,今四川一带。

青天处处横珰虎①，鬻女陪男偿税钱②。

【翻译】

  商贾相逢倍加惶惶不安，

  贩运楩、楠、杞、梓千里下西川。

  大白天宦官处处横行像猛虎，

  只好卖儿卖女，偿还税钱。

袁宏道

---

  ① 青天：本指天空，这里指大白天。珰虎：指宦官。见第152页注③。　② 鬻(yù 玉)：卖。

柳浪馆杂咏(四首)

本诗写于万历三十年,共四首,是作者在湖北公安柳浪馆时所作①。在这一组诗中,作者描写了柳浪湖的生活小景,从不同角度表现了一个幽静、逸雅的景色氛围,这正是作者的闲适心情和生活追求的写照。

---

① 柳浪馆:袁宏道在万历二十八年,从京都告假回乡,在湖北公安县城南一块约三百亩的洼地上"络以重堤,种柳万株,号曰柳浪",并建了柳浪馆,直到万历三十四年才离开。在柳浪六年,他除了游历,便潜心读书研究佛学。

其 一

柳匝层层水①,花纷曲曲堤②。
古藤随意拙,熟鸟任情啼。
寄客诗题岳③,招僧语隔溪。
茭蒲分外长④,渐与竹栏齐。

【翻译】

绿柳环绕着层层渠水,
繁花开遍弯弯的水堤。
多年的老藤任意攀附,
常来的鸟儿纵情鸣啼。
赠客的诗都题咏山岳,
与和尚叙谈隔着小溪。
茭白香蒲长得分外快,
转眼间与竹篱一样齐。

① 匝:环绕。 ② 纷:繁,盛多貌。 ③ 岳:高山。 ④ 茭蒲:均属水生植物。茭即茭白;蒲即香蒲。

其 二

偶然修竹里，新鸟一回闻。
鹤下翻盆石，僧归语峤云①。
纵风生水态，任月织波文。
莫遣鸥凫去②，频来只有君。

【翻译】

  茂密的竹林里传来了鸟鸣，
那婉转的啼唱第一回耳闻。
白鹤落下啄翻盆里的石头，
山僧归来叙说山中的烟云。
让风儿纵情吹起层层浪花，
任月光随意织就五彩波纹。
千万别惊走那鸥鸟和野鸭，
时常到这儿来的只有它们。

---

  ①峤：指又尖又陡峭的山。 ②凫（fú扶）：野鸭子。鸥：水鸟名。在海上的叫海鸥，在江上的名江鸥，随潮而翔。

其 三

饶水饶烟地,临花临柳居。

经营成净社①,穿凿架僧庐②。

小作番唐像③,闲堆农圃书。

主人荤血断④,鹤亦念溪鱼。

【翻译】

环水绕烟的柳浪馆啊,

依花傍柳的幽居。

参禅论经创立了净社,

穿土凿石盖起了僧庐。

有时制作番唐佛像,

闲来翻书学种瓜果菜蔬。

主人吃斋念佛断了荤食,

① 净社:指信奉佛教的人自由结成的社团。袁宏道在柳浪馆静修六年,常与僧人朋友一起谈经吟诗。 ② 穿凿:穿土凿石,此指建筑房屋。 ③ 番唐像:指佛像。番唐,明代多指西藏和西域的佛教喇嘛。 ④ 荤血:指荤食。袁中道在《中郎先生行状》中记载:"(中郎)归未几,伯修下世,先生感念,绝荤血者累年,无复宦情。"

白鹤还垂涎溪中的鲜鱼。

其 四

斋阁行将近,迂回又隔溪。
入窗中远水,万柳外长堤。
凿曲添鱼舍,芟枝减鹤栖①。
无人践暴汝②,宜近亦宜低。

【翻译】

仿佛走近了亭阁斋馆,
转弯却还隔一条小溪。
打开窗扇正对着远处的湖水,
还有一片柳浪起伏的长堤。
凿一条弯渠任鱼儿游戏,
为看白鹤而剪短了树枝。
没有人会伤害你啊,鱼儿和仙鹤,
鱼池应当更近,树林也应更低。

---

① 芟(shān 山)枝:剪枝。芟,割除,删削。此句的意思是,为了临窗望见白鹤,而剪短树枝,免得白鹤藏匿。 ② 汝:这里指鱼和鹤。

经 太 华[①]

其 一

　　这首诗是作者于万历三十七年,赴陕西途中过华阳时所作。诗前原有小注:"时以典试道华阳,不及登山,遂有此作。"因此,这首诗并非写实,而是用超妙奇伟的想象,调动了许多神奇瑰丽的形象去描绘华山的形、色、烟、光,赞美了

---

① 太华:华山,古称西岳,是我国著名的五岳之一。在陕西华阳城南。《水经注》上说"远而望之若花状",因此名华山。又因其西临少华山,又称太华。华山以奇拔峻秀名闻天下。

华山的"秀杰"之美。全诗具有浓厚的浪漫主义色彩。

天地如文人,精华不可刊①。而其秀杰气,常在水与山。华山翠天表②,五岳让高寒③。当其匠意时④,百灵穷肺肝⑤。琢以月天斤⑥,洗以银浦澜⑦。抹以洪濛烟⑧,照以日月丸。十二楼五城⑨,处处映青鬟⑩。尝恐诸仙人,鹤辔憩此间⑪。天风刷毛羽,千里珮珊珊⑫。

【翻译】

天地像文人创作诗篇,

---

① 刊:删除,修改。 ② 天表:天外,指极远的地方。 ③ 五岳:嵩山(中岳),泰山(东岳),华山(西岳),衡山(南岳),恒山(北岳)。 ④ 匠意:精心构思创造。 ⑤ 百灵:众神灵。穷:尽。 ⑥ 月天斤:月中吴刚的神斧。神话传说月亮中有仙人吴刚持神斧伐桂树。斤,斧头。 ⑦ 银浦澜:银河的波涛。 ⑧ 洪濛烟:太古时的云气。洪濛:同"鸿蒙",指宇宙形成前的浑沌状态。洪,通"鸿"。 ⑨ 十二楼五城:古代传说中神仙居住的地方。《史记·武帝本纪》:"方士有言'黄帝时为五城十二楼,以候神人于执期,命曰迎年'。" ⑩ 青鬟:此处指青色的山峦。 ⑪ 鹤辔:驾着仙鹤。辔,本指马缰,引申为驾驭,骑行。憩(qì气):休息。 ⑫ 珮:通"佩",玉佩,佩戴的饰物。珊珊:象声词,这里指玉佩发出的舒缓的响声。

精华之处不可轻易增删。
大自然秀美出色的神韵，
大都显露在山水之间。
华山的翠色映耀天外，
五岳中最数它又高又寒。
当初天公匠心构造时，
众位神灵把心思用遍。
举起吴刚的神斧仔细雕琢，
引来银河的波涛洗涤青山。
抹上太古的一片苍茫烟云，
照着万古不灭的日月光环。
五城十二楼啊，
处处辉映着青青的山峦。
恐怕常常有诸位神仙，
驾驭着仙鹤休息在山间。
天风吹拂着白鹤的毛羽，
千里外还听到玉佩响珊珊。

其 二

这是作者路经华阳时写的第二首诗。作者未登华山，诗中所描绘的登山的情景，也是通过诗人丰富的想象创造出来的。其中"数尽","唤醒","临崖亲写照","虚空发清啸"一系列鲜明的动作描写,很富有抒情性。

昔闻华山名,今见华山貌。何时陟微茫①,遍偿宿所好②。手搴青芙蓉③,玉女隔花笑④。数尽仙掌文⑤,唤醒希夷觉⑥。少时耽子墨⑦,颇识徐熙妙⑧。幅绢对青山⑨,临崖亲写照。不取色态妍,唯求神骨肖⑩。俗黛与凡霞⑪,无事点幽奥。断崖着孙登⑫,虚空发清啸。

---

① 微茫:这里指远远望去隐约模糊的华山顶。陟(zhì 至):登上。 ② 偿:满足。宿所好:宿好,平素的爱好。 ③ 搴(qiān 谦):拔取。青芙蓉:比喻华山。 ④ 玉女:华山峰名,又称中峰,是华山五峰之一。 ⑤ 仙掌:华山峰名。文:纹理,指仙掌峰的自然景观。 ⑥ 希夷:华山峰名。 ⑦ 子墨:汉代扬雄写的《长杨赋》中,借子墨客卿与翰林主人的问答为文,寓讽谏之意。后来省略"子墨客卿"为"子墨",成为文辞、文墨的代称。耽:爱好。 ⑧ 徐熙:五代南唐画家,善长写生,画花果虫鸟。落笔自然传神。对后世花鸟画影响很大。 ⑨ 绢:白绢,白色丝绸,多用来画画写字。 ⑩ 肖:相似。 ⑪ 黛:青黑色。霞:彩云,借指赤色。 ⑫ 孙登:三国魏人,隐居在汲郡的山中,善于吹箫弹琴。

【翻译】

往日听说过华山的美名，
如今亲见了华山的外貌。
何时登上渺茫的山巅，
踏遍青山满足我平生的喜好。
用手拔取青色芙蓉，
玉女峰隔着花儿对我笑。
数尽仙掌峰的自然纹理，
唤醒沉睡的希夷峰的好觉。
少年时我爱文人的墨迹，
颇懂得徐熙写生的奥妙。
向着青山展开一幅画绢，
面对山崖我精心写照。
不描绘山景的明丽鲜妍，
只追求神骨的惟妙惟肖。
传统的青色和常见的红色，
都无法点染出幽远和深奥。
断崖边画上隐居的孙登，
对着长空发出清越的长啸。

袁中道

西山十记·记一①

这一组游记小品共十篇,本文是记一。文中描写了从西直门到功德寺的沿途风光。在这篇短文中,作者没有泛泛地记述景物,而是通过写景表现了他对自然景物的独特感受。在功德寺的一段描写中,作者没去记述古刹的景观,而是写了寺周围"宽博有野致"的田园风光,赞美了田家生活的乐趣。文笔淡雅有致,朴素自然。

---

① 西山:是太行山的支脉,众山连接,总名西山。为北京西郊名胜。

出西直门①,过高梁桥②,杨柳夹道。带以清溪,流水澄澈,洞见沙石③。蕴藻紊蔓,鬣走带牵④,小鱼尾游,翕忽跳达⑤。亘流背林⑥,禅刹相接⑦。绿叶秾郁⑧,下覆朱户。寂然无人,鸟鸣花落。过响水闸,听水声汨汨。至龙潭堤,树益茂,水益阔,是为西湖也⑨。每至盛夏之月,芙蓉十里如锦,香风芬馥,士女骈阗⑩,临流泛觞⑪,最为胜处矣。憩青龙桥⑫,桥侧数武有寺⑬,依山傍岩,古柏阴森,石路千级。山腰有阁,翼以千峰,萦抱屏立,

袁中道

---

① 西直门:北京城门名。 ② 高梁桥:在西直门外西北。元代称高梁闸,闸上筑桥,桥下玉泉水潺潺流过,堤岸上绿柳成荫,风景优雅。 ③ 洞:透澈,很清楚。 ④ 鬣(liè 列):本指马鬃,这里用来比喻水草。 ⑤ 翕(xī 戏)忽:疾速的样子。 ⑥ 亘(gèn 跟去声):横贯。 ⑦ 禅刹:佛教寺院。 ⑧ 秾(nóng 浓):草木茂盛。 ⑨ 西湖:指今北京颐和园内的昆明湖。原为北京西郊众多泉水汇集成的天然湖泊,元代修成水库。明代湖中多种荷花,周围水田种稻子,湖旁有寺院、亭台,酷似江南风光,因此也称作西湖。 ⑩ 骈阗(pián tián 篇阳平,田):连续,布集。亦作"骈田"或"骈填"。 ⑪ 泛觞(shāng 伤):犹"流觞"。在水边饮酒。觞,古代饮酒具。古代风俗,每逢三月上旬的巳日,人们在水滨结聚宴饮,以除不祥。后来,人们在环曲的水渠边宴集,水上放置酒杯,杯漂流停在面前就取杯饮酒,称为"流觞曲水"。 ⑫ 青龙桥:位于颐和园西北。 ⑬ 武:古代以六尺为步,半步为"武"。

积岚沉雾。前开一镜①,堤柳溪流,杂以畦畛②。丛翠之中,隐见村落。降临水行,至功德寺,宽博有野致,前绕清流,有危桥可坐③。寺僧多业农事。日已西,见道人执畚者、锸者④、带笠者野歌而归。有老僧持杖散步塍间⑤。水田浩白,群蛙偕鸣。噫,此田家之乐也,予不见此者三年矣!

【翻译】

　　走出西直门,过了高梁桥,杨柳夹着道路。清清的溪水像飘带,流水清澈明净,可以透见水底的沙石。水藻缠绕蔓延,像马鬃随风飘动,像带子牵连不断,小鱼追逐着嬉游,突然间在水面跳跃向前。横贯的溪流背倚山林,寺庙一座又一座紧挨着。郁郁葱葱的绿树,下面荫掩着朱红色的大门。这里静悄悄的没有人,只有鸟儿在鸣叫,花瓣在飘落。路过响水闸,可以听见汩汩的流水声。到了龙潭堤,树木更加繁茂,水面更加宽阔,这就是西湖了。每到盛夏时节,十里荷花犹如绣锦,风中散发着芬馥的花香,到这里游览的青年男女络绎不绝,游人

---

　　① 一镜:指水面。　② 畦畛(qí zhěn 棋枕):指田埂。
③ 危:高耸的样子。　④ 畚(běn 本):用竹篾编的盛土工具。锸(chā 插):铁锹之类的掘土工具。　⑤ 塍(chéng 成):田埂。

面对着湖水流杯饮酒,这是最佳的地方了。我在青龙桥上歇了一会儿,桥边几步远的地方有一座寺院,依山傍水,古老的翠柏阴郁茂密,石阶有上千之多。山半腰有亭阁,周围的山峰像翅膀一样,环抱着亭阁屏立着,山间峦雾沉沉。眼前突然展开一片水面,堤上的柳树绕着溪流,中间夹杂着田垅。翠绿丛中,隐隐约约地现出了村落。下山沿着水边走,到了功德寺,这里宽阔并且有田园风情,寺院前面环绕着清清的溪流,溪上有一座小桥人可以坐在上面。寺里的和尚大都从事农作。这时太阳已经西下,只见路上的行人提着畚箕的,扛着锹的,带着斗笠的唱着山歌往回走。有一个老和尚,手拄着拐杖在田埂上散步。白茫茫的一片水田,青蛙齐声鸣叫。啊!这就是农家的乐趣呀,我没见到这种风光已经三年了。

西山十记·记五

　　这是一篇描写西山卧佛寺的游记。作者抓住"卧佛盖以树为胜者也"的特色,着重写了两棵不知名的老树,并且最后以"野人宁居卧佛"结束全文,这种独特的审美情趣也表露了作者的感情寄托。

　　香山跨山踞岩①,以山胜者也;碧云以泉胜者也②。折而北,为卧佛峰③。转凹,不闻泉声,然门有老柏百许

---

　　① 香山:指香山寺,在北京西山香山。　② 碧云:碧云寺,在香山东麓。寺的左路水泉院有泉水从石螭中流出。　③ 卧佛峰:卧佛寺,即十普觉寺的俗称。在北京香山上,寺内有元代铜铸佛像,长三丈多。

森立,寒威逼人。至殿前,有老树二株,大可百围①。铁干镠枝②,碧叶虬结③;纤羲回月④,屯风宿雾;霜皮突兀⑤,千瘿万螺;怒根出土,磊块诘曲⑥。叩之,丁丁作石声⑦。殿墀周遭数百丈⑧,数百年以来,不见日月。石墀整洁,不容唾。寺较古,游者不至,长日静寂。若盛夏宴坐其下,凛然想衣裘矣。询树名,或云娑罗树⑨,其叶若蔌⑩。予乃折一枝袖之,俟入城以问黄平倩⑪,必可识也。卧佛盖以树胜者也。夫山刹当以老树怪石为胜⑫,得其一者皆可居,不在整丽。三刹之中,野人宁居卧佛焉⑬。

袁中道

---

① 可:大约。围:此指两手拇指和食指合拢的长度,用来计算圆周。 ② 镠(liú流):纯金,又名紫磨金。 ③ 虬(qiú求)结:盘曲纠结。 ④ 纤羲回月:遮蔽了日月的光。羲,羲和,神话传说中给太阳赶车的神,这里指太阳。 ⑤ 霜皮:指霜白色的树皮。 ⑥ 磊块:高低不平,这里指树根多节。诘曲:弯曲盘结。 ⑦ 丁丁(zhēng zhēng争争):象声词。 ⑧ 墀(chí池):台阶。 ⑨ 娑罗树:乔木名,树高十余丈,一柄七叶,木质坚实,从西域传入我国。 ⑩ 蔌(sù素):菜。 ⑪ 俟(sì四):等待。黄平倩:名辉,作过翰林院的编修。聪明博学,诗文书画都有名气。 ⑫ 刹(chà诧):佛教寺院。梵语音译刹多罗的省称。 ⑬ 野人:作者自称。

【翻译】

　　香山寺坐落在山岩上,是因为山景美而著称的;碧云寺是因为山泉美而著称的。由碧云寺转向北,是卧佛寺。这里山势凹了进去,听不见泉水的声音,寺门前有上百株老柏树繁密地挺立着,阴森森的寒气逼人。走到大殿前面,有两棵老树,大约有一百围粗细。铁一样的树干,纯金般的枝条,碧绿的枝叶盘曲纠结,遮阳荫月,挡风聚雾;苍白色的树皮突兀显露,长满树瘿和螺旋状的树纹;树根从土里冲出来,弯曲盘结。敲击树干,发出像石头一样丁丁的声音。大殿台阶周围几百丈,几百年以来不见日月。石级整洁,连一星儿吐沫也没有。寺院较古老,游览的人多不到这里,从早到晚很寂静。如果盛夏闲坐在树下歇息,会感到凉飕飕的,想穿皮衣裳。询问树名,有人说叫娑罗树,树叶像蔬菜,我于是折了一枝藏在袖子里,等进城拿去问黄平倩,他一定能知道。卧佛寺是因为树而优美。山里的寺院当以老树怪石为美,能具有其中一种就可以居住,不在乎建筑的精致华丽。这三座寺院中,我宁愿住在卧佛寺。

西山十记·记八

袁中道

在这篇游记小品中,作者淋漓尽致地叙写了万安山的景观。"微风洒尘"后清新爽人的空气中色彩明快而娇媚的青山,眺望群山所见到的奇伟景观,松棚庵独特的风貌,如一幅幅绚丽的山水画卷,展现在读者面前。全文随着作者移步换形,富于变化,引人入胜。

予欲穷万安绝顶之胜①,而僧云徐之,俟微雨洒尘,乘其爽气,可以登涉,且宜眺瞩也。一宿而微雨至,予大喜曰:"是可游矣!"遂溯涧而上,徘徊怪石之间,数步一

---

① 万安:万安山,在北京香山的南边。

息。于时宿雾既收,初日照林。松柏膏沐之余,杨柳浣澣之后①,深翠殷绿,媚红娟美。至于原隰隐畛②,草色麦秀③,莫不淹润柔滑,细腻莹洁,似薤簟初展④,文锦乍铺矣。既至层颠,意为可望云中、上谷间⑤,而香山、金山诸峰⑥,遮樾云汉⑦。惟东南一鉴⑧,了了可数。平畴尽处⑨,见南天大道一缕,卷雾喷沙,浩白无涯。或曰:此走邯郸道也⑩。扪萝分棘,遂过山阴⑪。憩于香山松棚庵中,松身仅五尺许,而枝干虬结,蔽于垣内。下有流泉,清激声与松风相和。松花堕地,飘粉流香,时晚烟夕雾,萦薄湖山,急寻旧路以归。

---

① 浣澣(huàn huàn 患):洗涤。 ② 原隰(xí 习):广平低洼的草地。隐畛:偏僻的田地。 ③ 秀:禾类植物抽穗开花,如小麦秀穗。 ④ 薤簟(xiè diàn 谢电):指墨绿色的席子其色像薤。薤,草名,叶似韭。簟,席子。 ⑤ 云中、上谷:古代二郡名。云中郡在今山西大同以西到内蒙古阴山以南一带。上谷郡在今河北省宣化以南,至保定、河间一带。 ⑥ 金山:在北京市香山东北。 ⑦ 遮樾(yuè 月):遮蔽。樾,原指树荫。云汉:本指天河,这里泛指天。 ⑧ 鉴:古代称镜子为"鉴",这里指明净的湖水。 ⑨ 平畴(chóu 仇):田野。畴,耕作的农田。 ⑩ 邯郸:战国时越国国都。今河北邯郸。 ⑪ 山阴:山的北面。

【翻译】

　　我正要去饱览万安山最高顶的美丽风光,而和尚却说要慢点儿再走,等到细雨洒湿了尘埃,趁着山中空气清爽,就可以登山,而且宜于从高处眺望了。夜里下了小雨,我很高兴,说:"今天可以游山了!"于是我就沿着山涧而上,徘徊在怪石之间,走几步就歇一次。这时候夜晚的雾气已经散去,初升的太阳照着山林。松柏被滋润过了,杨柳被洗涤过了。枝叶的翠色更深更绿,娇媚的红花越发秀美。至于原野草地,田沟地垄,草的颜色,麦子的新穗,全都滋润柔滑,细腻光洁,像刚刚展开的绿色草席,像才铺下的彩绣锦缎。到了山顶,我原以为可以望见云中、上谷一带,但是香山、金山的众多山峰,遮蔽了天空,只有东南一片湖水,历历可见。平坦的田野尽头,现出南边天际的大道像一条线,卷起尘雾飞沙,白茫茫的没有边际。有人说,这就是通往邯郸的大道了。

　　我攀着野藤,分开荆棘,终于翻过了山的北面,在香山松棚庵中歇息。松树只有五尺多高,而枝干盘曲纠结在一起,遮到了墙内。庵下有流过的泉水,清亮的冲激声与松林的风声相和。松花纷纷落地,飘着花粉,散着芳香。这时傍晚的霞雾,已经笼罩着湖上山间,我就急忙沿着旧路下山去了。

卷 雪 楼 记

本文作于万历三十八年，文中记述了袁中郎晚年修造卷雪楼的情况①。文章着眼于登楼远眺大江的壮观景象，体现了作者敏锐的审美感受。议论、写景、抒情、记叙相交融，文笔洒脱自如。

质有而趣灵者②，莫如山水，而常苦其不相凑，得其

---

① 卷雪楼：袁宏道晚年定居江陵沙市，建了一座楼名叫砚北楼，楼前又建了一座三层小楼，可以眺望长江，起名叫卷雪楼。 ② 趣（qù去）：意趣。

浪涛奔腾,是天下一大奇观。

中郎选择沙市定居,建造了一座楼房,名叫砚北楼,可以俯瞰长江,楼前还有一块小空地。有一天,他架了梯子登上楼顶眺望,高兴地大笑起来,说:"我的事成功了!"于是在楼的前面又立了两根楹柱,承着伸出的屋檐,像头上的发髻,这样一来,大江气势一览无余。长江由四川流向江浙,波涛奔涌层层迭迭,澄澈明净,波光闪耀,震荡大地,浸润河山,这一切壮观的景象,都可以在桌案床榻之间观赏到。巴蜀渺远的峰峦,云梦以南茫茫的草地,九十九州,忽隐忽现。江面上千帆竞发,惊起沙岸上栖息的飞鸟,船夫的号子和渔人的歌声,此起彼落,互相应和,江上晴天雨天,早上傍晚,烟云景物,千变万化。因此中郎兄登楼之后,很喜欢这个地方,并且对我说:"宗少文放弃衡山而在江陵定居,是有原因的啊!"这时正是暑气升腾,街上像火烤一般,然而一登上这座楼,大江像积雪闪耀,使人感到身心凉透。所以没等到楼盖成,就天天到这里观赏,并且为它起名叫"卷雪楼"。

游青溪记①

本文作于万历三十九年,全文描写了湖北青溪一带的山水名胜,以作者的游览过程结构全文。作者沿途所见,随意点染,景色千变万化,多姿多彩,文情并茂。其中对青溪水色的一段描写,感受新鲜,比喻巧妙,描绘传神。

---

① 青溪:青溪山,与当阳、远安二界相接。《荆州记》上记载,临沮县有青溪山,晋代郭璞作临沮县令时,曾游过此地,并写了《游仙诗》。

去玉泉五里许①，入一音寺界。一音寺亦智者所建②，峰峦甚多，总名一音寺岩也。翔舞飞腾，已异玉泉。中有两峰特起，若象王回顾③。下有聚落④，背山临流，正玉泉清溪中。路讯一音寺址，云正在岩颠，今废矣。

可四五里许⑤，始入青溪诸山之界，裂雾奔云，姿态横生。昔游桃花源上⑥，酷爱其山势生动，天外浪壁层层，以为稀有。今见此山，不啻故人⑦。生平有山水癖，梦魂常在吴越间⑧，岂知眉睫前有青莲世界乎？⑨夫论峰势，玉泉最为尊特；若其层叠多态，起伏回环，吾不能不爱青溪诸山。少年见妖姬⑩，高士见山色⑪，虽浓淡不同，其怡志销魂一也。

已近寺，忽见清流一泓，滂湃喷舞⑫，是谓青溪。青溪之跳珠溅雪，亦无以异于诸泉，独其水色最奇。盖世

---

① 玉泉：玉泉山，又名堆蓝山，覆船山。在今湖北当阳城西十五里处。玉泉山气势磅礴，山中有佳木名卉，奇洞异石，曲溪名泉，有"三楚名山"的称誉。山上有玉泉古刹，玉塔铁塔。 ② 智者：隋朝高僧智𫖮，字德安。隋炀帝时赐号智者大师。 ③ 象王：象之最大者，佛家以此喻佛。 ④ 聚落：村落。 ⑤ 可：大约。 ⑥ 桃花源：袁中道曾于万历三十七年初春游览桃花源。 ⑦ 啻（chì 赤）：副词，表示比况，相当于"无异于"，"好比"。 ⑧ 吴越：指江苏、浙江一带。 ⑨ 青莲：青色的荷花。这里比喻山如青莲。 ⑩ 妖姬：美女。 ⑪ 高士：指隐士。 ⑫ 滂湃：同"澎湃"，形容水势浩大。

间之色,其为正也间也①,吾知之,独于碧不甚了然。今见此水,乃悟世间真有碧色,如秋天,如晚岚。比之含烟新柳,则较浓;比之脱箨初篁②,则较淡。温于玉③,滑于纨④,至寒至腴,可拊可飧⑤。至其沉郁深厚之处,螭伏蛟盘,窅不可测⑥。入寺后,折而右,步至龙女庙,即青溪发源处。昔僧法琳于此作论⑦,龙女来听,因祠之。祠前有方广地,最宜听水。相传泉发源同江,故与江水共消长。然石中出泉,至冬犹滂湃,尤诸泉所无。泉之上有峰一壁,若浊泪下注,驳蚀巉巉可畏。其色朱碧相宣,霞雪杂出,皆千万年雨溜所成。

　　为洞二:大士洞径路斗绝⑧,惟卧云洞在道旁,若夏屋可居⑨,即琳法师著论处。元又有卧云禅师居之,故亦名卧云洞。洞边石磊磊,色碧而中空,酷似太湖之佳

---

　　① 正也间也:指正色、间色。古代以纯色为正色,两色相杂为间色。　② 箨(tuò 拓):笋皮。篁(huáng 皇):竹林,泛指竹子。　③ 温:湿润,柔和。　④ 纨(wán 丸):细绢。　⑤ 飧(sūn 孙):熟食。引申为吃,品味。　⑥ 窅(yǎo 咬):幽深。　⑦ 法琳:唐代高僧。　⑧ 大士洞:供奉观音菩萨的石洞。斗绝:同"陡绝"。　⑨ 夏(shà 煞)屋:高大的房屋。夏,同"厦"。

者①。与度门觅一卓庵处②,后倚危石,前临九子③。晚饮龙女庙前。按《水经注》④:"青溪水出县西青山之东,有滥泉,即青溪源也。"以源出青山,故曰青溪。今人殊不知滥泉、青山名。盛弘之云⑤:"稠木傍生,凌空交合,危楼倾岳,恒有落势。风泉传响于青林之下,岩猿流声于白云之上。游者常若目不周玩⑥,情不给赏⑦。是以林徒栖托⑧,云客宅心⑨,多结道士精庐。"即此地也。则青溪之胜,其来久矣。秣陵亦有青溪⑩,发源钟山⑪,水光山色,远不及此。而此处名不甚显,题咏亦少,岂非以其僻哉?侯景叛时⑫,陆法和正在青溪⑬,与南郡朱元英

---

① 太湖:湖名,地跨江、浙二省,风景优美。产一种玲珑多孔的石头,称作太湖石,可用来装点园林。 ② 度门:度门寺,在湖北当阳山里,又称玉泉下院。袁中道曾想在这里建祠庙,在他写的《鬻玉泉松桂庵记》中有记载。卓:建立,建筑。 ③ 九子:山名。在湖北当阳。 ④《水经注》:古代地理名著,北魏郦道元撰著。 ⑤ 盛弘之:即盛宏之,南朝宋人,著有《荆州记》。 ⑥ 玩:观赏。 ⑦ 不给:不足。 ⑧ 林徒:指隐士。 ⑨ 云客:多指云游的僧道。宅心:归心,归宿。 ⑩ 秣陵:古地名,今江苏南京。青溪:发源于南京市钟山西南,流入秦淮河。 ⑪ 钟山:又名紫金山,在江苏南京市区以东。 ⑫ 侯景:南朝梁人,字万景。公元548年举兵叛梁,攻破建康(今江苏南京),自立为汉帝,不久被梁将陈霸先和王僧辩击败,逃亡途中被部下杀死。 ⑬ 陆法和:湖北江陵隐士。

论兵事①。盖青溪固居士往来处,亦宜祠。

【翻译】

离开玉泉山约五里多路,进入一音寺地界。一音寺也是隋朝高僧智者大师修建的,这里峰峦很多,总名是一音寺岩。山势像翱翔起舞、奔腾欲飞,已经与玉泉山不同。其中有两座山峰突兀而起,如佛回头观望。山下有村落,倚山临水,正坐落在玉泉与青溪的中间。路上讯问一音寺的地址,人们说正在山崖顶上,现在已经荒废了。

大约又行了四五里,才进入青溪山地界,山中裂雾奔云,姿态横生。往日在桃花源山上游览,酷爱那里的山势生动,天际峰峦层层叠叠,以为是少有的景观。如今看到青溪的山,无异于见了老朋友。我生平迷恋山水成癖,梦中还常在吴越间游览,哪里知道眼前有这么美的青莲世界呢?论山势,玉泉最为巍峨挺拔;若论山的层叠多姿,起伏盘旋,我不能不喜爱青溪那些山。像少

---

① 与南郡朱元英论兵事:《北齐书·陆法和传》记载:"及景(侯景)渡江,法和时在青溪山,元英(南郡朱元英)往问曰:'景今围城,其事云何?'法和曰:'凡人取果,宜待熟时,不撩自落。檀越但待侯景熟,何劳问也?'固问之,乃曰:'亦克亦不克。'"南郡,在今湖北境内,晋时治所在江陵。

年看见了漂亮的少女,像隐士发现了美丽的山色,虽然感情有浓烈和淡雅的不同,但是愉悦心志使人迷恋却是一样的。

已经走近寺院,忽然发现一条清清的溪流,滂湃喷涌,这就是青溪。青溪的水像跳动的珍珠,像飞溅的雪花,与其他的泉水也没有什么两样,只是它的水色最不寻常。大凡世上的颜色,有正色有间色,我都知道,只有对碧色不太清楚。如今看见了青溪水,才感悟出世上果然真的有碧色,那颜色像秋日的天空,像晚山的云雾。把它比作含烟嫩柳,就浓了些;比作脱壳的新竹,就淡了些。它比玉还温润,比绢绸还细滑,清冷极了,润泽极了,似乎可以抚摸,可以品尝。至于水深的地方,像是有蛟龙盘曲潜伏,幽深得不可测度。走近寺院后边,转弯向右,走到龙女庙,这就是青溪的发源地了。过去唐代高僧法琳在这里讲经,龙女来听,因此建了祠庙来供奉她。庙堂前有一块宽敞的地方,最适合在这里聆听流水的声音。相传泉水与长江同一源头,所以和江水同消同涨。但是泉水从石中涌出,到了冬季依然澎湃汹涌,这是其他泉水所没有的。泉的上方有一座山峰,像浊泪往下滴,山岩被侵蚀的崚峋可怕。石头上边朱红色与碧色互相渲染,霞色与白色互相混杂,那都是日久年深雨水侵蚀形成的。

有两个山洞,到大士洞的路险峻极了,只有卧云洞在路边,像高大的房屋可以供人居住,是法琳法师论著的地方。元代又有卧云禅师住在这里,因此又叫卧云洞。洞边乱石堆积,颜色碧绿而中间通透,很像太湖石中的上品。在度门寺我找到一块建筑庙堂的地方,后面倚傍着高大的岩石,前面对着九子山。当天晚上就在龙女庙前饮酒。《水经注》上记载:"青溪水发源于当阳县西的青山之东,山上有滥泉,是青溪的源头。"因为发源于青山,所以叫青溪。现在的人完全不知道滥泉和青山的名字。盛弘之在《荆州记》中说:"稠密的树木紧挨着生长,树叶在空中纠结,好像高楼耸立在将要倾坠的山岩上,大有坠落之势,风声泉声在绿林下回响,猿猴的啼叫声在白云之上。游客常常觉得眼睛来不及一一观赏,情致来不及细细品味。因此这里是隐士栖身,僧道向往的地方,修建了很多道士的修行处。"书上说的就是这个地方了。所以青溪的盛名,由来已久。秣陵也有青溪,发源于钟山,水光山色,远远比不上这里。但是这地方名声不大,题辞咏诗也少,难道不是因为它太偏僻了吗?南北朝侯景叛乱的时候,陆法和正住在青溪,和江陵的朱元英议论战事。青溪本来就是居士往来的地方,也应当在此建立祠庙。

中郎先生全集序

本文写于万历四十七年(1619),是作者为《袁中郎先生文集》写的序言。文中陈述了袁中郎一生的创作活动,热情地赞扬了他在明代文坛上的历史功绩,并且中肯地指出其作品中的不足之处,本文是研究袁中郎创作的重要珍贵资料之一。全文始终贯穿了对兄长的深厚情谊,全篇内容凝重质实,文势也颇流畅。

中郎先生少具慧业①,弱冠成进士②,即有集行世。其《敝箧集》,为诸生、孝廉及初登第时作也③。《锦帆集》,令吴门时作也④。《解脱集》,以病改吴令,游吴越诸山水时作也。《广陵集》,去吴客真州时作也⑤。《瓶花集》,为京兆授为太学博士补仪曹时作也⑥。《潇碧堂集》,请告归卧柳浪湖上六年作也⑦。《破砚集》,再补仪曹出使时作也⑧。《华嵩游集》,官铨部典试秦中往返作

---

① 慧业:佛教指由于前世因缘而赋有的智慧。 ② 弱冠:古代男子二十岁成人,称"弱",初加冠。《礼记·曲礼》:"二十曰弱,冠。"后来称二十岁为"弱冠"。此指二十岁左右。袁宏道二十五岁中进士。 ③ 诸生:明代经过各级考试录取入府、州、县学的人,称生员。生员有增生、附生、廪生、例生等名目,统称诸生。孝廉:此处指举人。登第:应考中选,此指考中进士。袁宏道万历十六年中举,万历二十年考中进士。 ④ 令吴门:袁宏道万历二十三年三月到吴县就任县令,万历二十五年春辞官。 ⑤ 真州:古地名,今江苏仪征。 ⑥ 袁宏道万历二十六年春到京,授顺天府教授,二十七年升国子监助教,二十八年补礼部仪制清吏司主司,当年冬天告病辞官。仪曹:官名,吏部郎官。 ⑦ 柳浪湖:在公安县城南。袁宏道在此建室称为柳浪馆。 ⑧ 袁宏道于万历三十四年,进京补仪曹主事。

也①。盖自秦中归,移病还山②,不数月而先生逝矣。其存者,仍为《续集》二卷。

先生诗文如《锦帆》、《解脱》,意在破人之执缚,故时有游戏语;亦其才高胆大,无心于世之毁誉,聊以抒其意所欲言耳。黄鲁直曰③:"老夫之书,本无法也。但观世间万缘,如蚊蚋聚散,未尝有一事横于胸中,故不择笔墨,遇纸则书,纸尽则已,亦不暇计人之品藻讥弹④。譬如木人舞中节拍⑤,人称其工,舞罢又萧然矣"。此真先生言前意也。然先生立言,虽不逐世之颦笑,而逸趣仙才,自非世匠所及。即少年所作,或快爽之极,浮而不沉,情景大真,近而不远,而出自灵窍,吐于慧舌,写于铦颖⑥。萧萧泠泠,皆足以荡涤尘情,消除热恼。况学以年变,笔随岁老,故自《破砚》以后,无一字无来历,无一语不生动,无一篇不警策⑦。健若没石之羽,秀若出水之

---

① 袁宏道于万历三十六年补吏部验封司主事,掌管选拔官吏的事。三十七年到长安主持陕西乡试。秦中:指陕西一带。铨部:古代以吏部专管选拔官吏,所以称吏部为铨部。 ② 袁宏道于万历三十八年春因病请假南归,当年农历九月初六病逝。 ③ 黄鲁直:黄庭坚,字鲁直,号山谷道人。宋代文学家、诗人。本文引自黄庭坚写的《书家弟幼安作草后》。 ④ 品藻:品评优劣,鉴定等级。讥弹:讥讽指责。 ⑤ 木人:木偶戏。 ⑥ 写:通"泻",宣泄。 ⑦ 铦(xiān 仙)颖:锋利的笔端。颖,毛笔。警策:指文章精炼切要,而又含意深刻。

花。其中有摩诘①,有杜陵②,有昌黎③,有长吉④,有元白⑤,而又自有中郎。意有所喜,笔与之会。合众乐以成元音⑥,控八河而无异味⑦。真天授,非人力也。天假以年,不知为后人拓多少心胸,豁多少眼目!恐亦造化妒人⑧,不肯发泄太尽耳。甫四十余而即化去⑨,伤哉!

先是家有刻,不精,吴刻精而不备⑩。近时刻者愈多,杂以《狂言》等赝书,唐突可恨。予校新安⑪,始取家集,字栉句比,稍去其少年未定之语,按年分体,都为一集。嗟乎!自宋元以来,诗文芜烂,鄙俚杂沓。本朝诸君子出而矫之,文准秦汉,诗则盛唐,知人始有古法。及其后也,剽窃雷同,如赝鼎伪觚⑫,徒取形似,无关神骨。

---

① 摩诘:唐代诗人王维,字摩诘。　② 杜陵:唐代大诗人杜甫,因曾居于杜陵(今陕西省西安市东南),因此自称"杜陵布衣"。　③ 昌黎:唐代文学家韩愈。　④ 长吉:唐代诗人李贺。　⑤ 元白:唐代诗人元稹、白居易。因二人一生友善,常有唱和,世称"元白"。　⑥ 元音:古代音律,以黄钟管发出的音为十二律所依据的基准音,称为元声。　⑦ 八河:古代关中有八条河流,即灞、浐、泾、渭、酆、镐、潦、潏,总称八川,或称八水。　⑧ 造化:指天公。　⑨ 甫:副词,刚刚。　⑩ 吴刻:吴郡袁叔度(无涯)书种堂写刻本,分别刊于万历三十年、三十六年、三十八年。　⑪ 予校新安:指万历四十四年,袁中道中进士,授徽州府教授。徽州,汉代为新安郡地。　⑫ 赝鼎伪觚(gū 姑):伪造的古鼎古觚。觚,古代盛酒器。

先生出而振之，甫乃以意役法，不以法役意，一洗应酬格套之习，而诗文之精光始出。如名卉为寒氛所勒，索然枯槁，而杲日一照①，竞皆鲜敷②。如流泉壅闭，日归腐败，而一加疏瀹③，波澜掀舞，淋漓秀润。至于今天下之慧人才士，始知心灵无涯，搜之欲出；相与各呈其奇，而互穷其变，然后人人有一段真面目溢露于楮墨之间④。即方圆黑白相反，纯疵错出，而皆各有所长，以垂之不朽，则先生之功于斯为大矣。

　　诸文人学子泥旧习者⑤，或毛举先生少年时二三游戏之语，执为定案，遂谓蔑法自先生始。彼未全读其书，又为赝书所荧⑥，无足怪耳。今全集具在，请胸中先拈却"袁中郎"三字⑦，止作前人未出诗文，偶见于世，从头至尾，亶目力而谛观之⑧，即未深入，亦可浅尝。有法无法，历然自辨。何乃成心不化，甫见标题，即摇头闭目不观，而妄肆讥弹为也！至于一二学语者流，粗知趋向，又取先生少时偶尔率易之语，效颦学步⑨。其究为俚俗，为纤

----

① 杲(gǎo 槁)日：明亮的太阳。　②敷：此处指花朵开放。　③疏瀹(yuè 岳)：疏通，疏导。　④楮(chǔ 楚)墨：纸和笔。楮：木名，叶似桑，皮可造纸，因此古人以楮代称纸。　⑤泥(nì 昵)：拘泥。　⑥荧(yíng 营)：眩惑，迷惑。　⑦拈(niān 蔫)却：拿掉。　⑧亶(dān 单)：通"殚"，尽。　⑨效颦学步：见第121页袁宏道《叙小修诗》注。

巧,为莽荡,譬之百花开,而棘刺之花亦开;泉水流,而粪壤之水亦流。乌焉三写①,必至之弊耳,岂先生之本旨哉!

　　总之,先生天纵异才,与世人有仙凡之隔。而学问自参悟中来,出其绪余为文字②,实真龙一滴之雨,不得其源,而强学之,宜其不似也。要以众目自虚③,众心自灵④。不美不能强之爱,不爱不能强之传。今美而爱,爱而传者,已大可见矣,亦无俟后来之子云也⑤。先生之学,以暗然退藏为主,其所造莫可涯涘⑥。生平作人,冲粹夷雅,同于元气。若得志,可使万物各得其所。其作用于作令、佐、铨时,微露其一斑,惜未竟其施,别有记载,兹不复赘云⑦。

……

----

　　① 乌焉三写:把"乌"误写成"焉",又写成"马"。古谚有"书经三写,乌焉成马"。　② 绪余:残余,剩余。　③ 要:犹总之,总而言之。虚:空虚,空阔,如"虚怀若谷"之虚。这里指空阔能容物。　④ 灵:犹聪慧。　⑤ 俟(sì四):等待。子云:汉代扬雄,字子云。晚年曾后悔自少年时所作的赋,说成是"童子雕虫篆刻""壮夫不为也"(见扬雄《法言·吾子》)。　⑥ 涯涘:原指水的边际,此处泛指边际。　⑦ 此以下尚有作者一行题署写作年月等文字,今删去不录。

【翻译】

　　中郎先生小时候天性聪慧，二十几岁中了进士，就有文集在世上流传。《敝箧集》，是他当诸生、举人和刚中进士时创作的。《锦帆集》，是在吴县作县令时创作的。《解脱集》，是因病辞去吴县县令的职务，游览吴越山水时创作的。《广陵集》，是离开吴县，客居真州时创作的。《瓶花集》，是在京兆作太学博士，补吏部郎官时创作的。《潇碧堂集》，是请病假在柳浪湖上住了六年时创作的。《破砚集》，是第二次补吏部主事，出任京官时创作的。《华嵩游集》，是在吏部作官时，到秦地主持乡试，往返于途中创作的。从秦地回来，因病请假回到故里，不到几个月，先生就去世了。这个时期保存下来的，仍编为《续集》两卷。

　　先生的诗文，像《锦帆集》、《解脱集》，用意在于冲破别人的束缚，所以偶尔有游戏之语；也是他才高胆大，对于世人的诽谤或赞誉都不放在心上，只是借以抒发他所想说的话罢了。黄庭坚说："我写的字，本来没有什么法则。只是观察到世间万物的联系，像蚊虫有聚有散，也不让某件事情梗在心里，所以不选择笔墨，铺下纸就写，纸写尽了就停，也没有闲心去计较别人的品评和指责。比如木偶跳舞，正好合上音乐的节拍，人们就称赞它精妙，等到跳舞结束，就又冷落了。"这话真是中郎先生写文章前的想法呵！然而先生写文章，虽然不随世俗的喜恶而变化，而他超逸的情趣和非凡的才能，当然不是世间平庸之辈所能达到的。就是少年时写的作品，有的快爽之极，浮华而不深沉，情与景都十分真切，浅近而不深远，然而，却出自灵敏的内心，倾吐于智慧的语言，抒泄于锋利的笔端。清清爽爽，都足以荡涤生活中的平庸感情，消除烦恼。况且学问因为年龄的增长而变化，文笔随着岁月的推移而成熟。所以从《破砚集》以后的作品，没有一字无来历，没有一句不生动，也没有一篇不精炼扼要而含义深刻的。劲建像射进石中的箭头，秀雅像冒出水面的荷花。其中有王维，有杜甫，有韩愈，有李贺，有元稹和白居易的风格，然而又自有中郎的特色。心中所喜爱的，笔端就能和心灵谐和。正像集合多种乐器而形成宏大谐和的声音，像引来八河的水而没有怪异的气味。真是上天给予的才能，不是人的能力所能达到的。如果上天让他长寿，不知会为后人开拓多少心胸，开阔多少眼界！恐怕也是天公嫉妒，不肯让他的才能全部施展出来吧。刚刚四十多岁，就仙逝了，令人悲伤呵！

　　中郎先生的诗文，原先家里有刻本，而印刷不精，吴刻本精致而不完备。近来刻印的越来越多，还混入了《狂言》等伪书，亵渎了先生，令人恼恨。我在新安作教官时，才把家里保存的集子，逐字逐句地整理校勘，略微删去他少年时没修定的语句,并且审定年代,分别体裁,合并为一集。哎!自从宋、元以来,诗文的创作又多又乱,其中混杂了许多粗浅俚俗的作品。本朝的那些先生们出来纠正它,提出文章必以秦汉为标准,诗歌必以盛唐为标准。人们才知道写文章有古法。从此以后,文章剽窃雷同,像伪造的古鼎古瓤,仅仅取得形似,与神韵毫无联系。先生出来挽救这种局面,文章才开始以意趣决定写作法则,而不是以法则限制意趣,清除了应酬旧格套的习俗,诗文的精华光彩才展现出来。像名贵的花卉,受寒冷的空气所阻,凋谢枯黄,然而明亮的阳光一照,都竞相开放出鲜艳的花朵。像流动的泉水堵塞了,一天天变得腐臭,而一旦加以疏通,就会波澜飞舞,淋漓秀润。现在天下聪明有才华的人,才懂得心灵的感受是没有边际的,搜寻它就越发倾泄而出,于是在一起各自显示自己文章的新奇,并且互相施展自己的变化。然后,人人有一段真实感情流露在笔墨之中,即使方的和圆的相反,黑的和白的相反,优点和缺点交互出现,然而都各有所长,成了传世之作。先生的功劳在这一方面可不小啊!

  那些拘泥于旧习俗的文人学子,或轻率地举出先生少年时几句游戏的话,拿作结论,于是认为蔑视写作法则是从先生开始的。他们没读完先生的全部著作,而又被伪书所迷惑,这是不值得奇怪的。现今先生的全集都已完备。请心里先去掉"袁中郎"三个字,只当是前人没刻印的诗文,偶然在世上发现了。从头到尾,竭尽自己的眼力,仔细地阅读它,即使不能深入,也可以浮浅地品味。有法则没有法则,就会清清楚楚地分辨出来。何必抱着成见不变,刚刚看了标题,就摇头闭眼不看,而狂妄任意地指责呢?至于一两个专门模拟别人词语的人,粗略懂得一点写文章的道理,又摘取了先生少年时偶尔轻率浅易的词句,拙劣地模仿。写成的文章毕竟是粗俗的,纤巧的,鲁莽的,比如百花开放,而棘刺的花也开放;泉水流淌,而杂有粪土的污水也流淌。像"乌"抄成"焉",又抄成"马"一样,这是抄袭必然带来的弊病啊,难道是先生本来的意思吗?

　　总之,先生是天生的异才,与世人有仙凡的界限。而先生的学问从参悟中得来,拿出剩余的精力写作,实在像真龙下的一滴雨水。那些人不了解它的来源,而只是勉强模仿他,当然就不像了。总而言之众目自能容物,众心自有灵慧。不美好的作品,不能强迫众人喜爱。众人不喜爱的作品,不能强迫它流传。现今先生美好而且人人喜爱的作品,人人喜爱而且可以流传的作品,已经全都可以看到了,也不必像晚年的扬雄那样,为自己年青时的作品而后悔了。先生的学问大都深沉地掩藏在心中，他的造诣摸不到边际。生平为人，淡泊纯正，质朴风雅，合乎天地之气。倘若得志，能把各种事情料理得恰如其分。在他作吴县令和在礼部，吏部作官时，已经微微显露了他的才华，可惜未能全部施展出来。这方面另有文章记载，在这里就不再多说了。

……

听　泉（二首）

这两首诗旨意在于写听泉。每一首的前一部分，都通过对山泉周围自然环境的描写，精巧地绘制了一幅静态的山野风光；在写泉声时，则是通过听觉的感受，描绘出山泉的动态表现。全诗感受细密，意境清新。

其　一

一月在寒松，两山如昼朗。
欣然起成行，树影写石上①。

---

① 写：摹绘。

独立巉岩间①,侧耳听泉响。

远听语犹微,近听涛渐长。

忽然发大声,天地皆萧爽。

清韵入肺肝,濯我十年想②。

袁中道

【翻译】

  一轮皓月高高挂在松梢,
两边高山像白昼一样明亮。
我兴致勃勃地起身出行,
婆娑的树影摹绘在山石上。
我独自站在高高的岩石之间,
静静地聆听山泉鸣响。
远听泉水像细语微微,
近听涛声却渐渐清朗。
忽然迸发出澎湃的巨响,
天地间顿时清清爽爽。
清越的韵律浸润肺腑,
洗清我十年的多少幻想。

其 二

山白鸟忽鸣,石冷霜欲结。

① 巉岩:险峻的山岩。 ② 濯(zhuó酌):清洗,洗涤。

流泉得月光,化作一溪雪。
月色入水滑,水纹带月洁。
疾流与石争,山川为震裂。
安得一生听,长使耳根悦。

【翻译】

月光皎洁的山间忽然传来鸟叫,
寒光闪闪的石上冷霜正在凝结。
流泉融进洁白的月光,
幻化出洁净的一溪白雪。
明月的清辉在水中流淌,
水波儿也荡漾着月色的光洁。
喷涌的山泉冲击着岩石,
山川像被震得崩裂。
怎么才能一生在泉边聆听,
使我耳根儿常常欢欣愉悦。

初　　秋(二首)

袁中道

　　这两首诗描写了初秋之夜的景色和作者的感受。诗中写了萤火飞停,静夜啸歌,邻犬吠叫,睡鹤惊起,使静中有动,静中有声,反而更增添了初秋之夜的清幽和寂静。

其　一

微凉宿阴林,顿觉烦暑退①。
登台对清池,过萤停鹤背。
静夜发啸歌②,邻犬数声吠。

---

①烦暑:荆楚初秋时节白天依然燥热烦人,因此称"烦暑"。　②啸歌:吟咏,歌唱。

【翻译】

　　我歇息在凉阴阴的树林，
　　暑气消尽顿觉心神轻松。
　　登临高台面对池水清清，
　　鹤背上停着飞过的流萤。
　　寂静的夜里我吟咏歌唱，
　　惊起邻家的狗吠声声。

其　　二

　　台上人正醉，池中鹤正睡。
　　浩露渐深林，鹤惊人亦去。

【翻译】

　　高台上人沉醉在夜色中，
　　清池里白鹤睡意正浓。
　　夜露漫漫浸透幽深的树林，
　　睡鹤突然惊起，人也归去匆匆。

澧阳晚泊

袁中道

这首诗是作者去桃源县途中,路经湖南澧阳所作①。诗中表现了作者历经科场挫折后,晚年对人生的重新思考。

少入繁华路,晚于疏淡宜②。
水禽无俗梦,岩石抱幽姿。
浪绕蜂衙市③,风屯鸟爪枝④。

---

① 澧阳:今湖南澧县。位于澧水下游,邻接湖北。 ② 晚:指晚年。此时袁中道四十岁左右。疏淡:恬淡自在,不求名利。 ③ 蜂衙:本指众蜂簇拥着蜂王。这里形容街市热闹拥挤。 ④ 屯(tún豚):聚集。鸟爪枝:形容树长而纤细。

四旬今已至①,独往莫迟迟②。

【翻译】
  少年走上追逐功名的繁华路,
老来觉得淡泊自在最相宜。
水上的禽鸟没有世俗的幻梦,
山中的岩石抱定幽逸的清姿。
江浪环绕着热闹的街市,
风儿吹上鸟爪般的树枝。
四十年今已到来,
一意行事别再犹豫迟疑。

---

  ① 旬:十岁为一旬。 ② 独往:不受羁绊无拘无束,按自己的意志行事。

雪中望诸山

这首诗是万历三十七年,作者游湖南桃花源时所作。诗中把雪中诸山比作莲花,感受别具一格。结尾以"红梅"点缀雪景,也清新别致。

青莲花间白莲开①,万簇千攒入眼来②。
别有销魂清艳处③,水边雪里看红梅。

---

① 青莲花:用青色的莲花比喻山,此指桃源清湘一带的山峰。袁中道在《游桃源记》中写道:"山至此如障如城,如千叶青莲。"白莲:指雪峰。 ② 攒(cuán撺):并集的样子。 ③ 销魂:指极度沉醉。

【翻译】

绽开朵朵青莲杂着白莲，

万堆千团映入眼帘。

还有清丽处令人沉醉，

看那水边的云里红梅多么鲜艳。

游百泉(其二)

万历三十八年,作者与其兄中郎由北京回湖北公安县,南归途中游览了百泉①,作了三首诗,这是第二首。

其　二

日光来映射,潭底幻云霞。

---

① 百泉:在今河南辉县城西苏门山南麓,因泉眼众多,因此得名。是著名的游览胜地。

凡石皆成怪,陈苔尽缀花①。
　　小桥通竹院,流水响人家。
　　一树棠梨雪②,深深没钓槎③。

【翻译】

　　日光照映在水面上,
　　潭底幻化出五彩云霞。
　　寻常的石块都变得千奇百怪,
　　老苔也都像缀满了鲜花。
　　小桥通向那竹篱院落,
　　流水响处却是山户人家。
　　一树棠梨繁花似雪,
　　深深遮掩了垂钓的船家。

---

　　①"凡石"两句:指泉水在日光的映射下,石砾、苔藓都呈现奇丽光彩。袁中道在《南归日记》中这样描写了百泉这一景象:"盖石以水活,水以石澄,而日光映射,以发其妖倩。皆若以磨嗟之丹砂,越巂之空青而妆施之。不惟砾石有矶珠之形,虽枯柎陈莎,亦化为翟毛翠羽。"　②棠梨雪:白色的棠梨花如雪。棠梨:一名杜梨,落叶乔木。　③钓槎:钓鱼的小船。

九日登中郎沙市宅上三层楼（其一）

　　这首诗是袁中道重阳节登卷雪楼，触景生情感念亡兄所作。诗中扣住"满眼伤心处"，抒发了深厚的怀念之情。

其　　一

满眼伤心处，谁能上此楼？
林烟迷蜀道①，帆影识吴舟②。

---

①蜀：指四川。　②吴：江苏南部一带。

砚北人何在①,江南草又秋。
茱萸空到手②,欲插泪先流。

【翻译】

人亡物在举目都是伤心处,
谁能与我啊,同登卷雪楼。
林雾茫茫看不清川西大道,
帆影渺渺还能认出吴地的行舟。
砚北楼空人在何处啊,
江南草木枯黄又逢深秋。
空将茱萸采来拿在手,
思念兄长啊,欲插泪先流。

---

① 砚北:砚北楼。 ② 茱萸(zhū yú朱鱼):植物名,生于川谷,香味浓郁。古代民间风俗,农历九月九日重阳节这天登高,佩戴茱萸,认为可以祛邪避灾。王维《九月九日忆山东兄弟》诗中有"遥知兄弟登高处,遍插茱萸少一人"的句子。

《古代文史名著选译丛书》编纂始末[①]

马樟根　安平秋

今年1月,《古代文史名著选译丛书》已经出到100种101册(其中《史记》为2册)。4月份,最后的33种也已交稿。这样,全书133种即将呈献在读者面前。[②] 一项服务当前、造福子孙的普及优秀古代文化、进行爱国教育的大工程将宣告完工了。回想

[①]《古代文史名著选译丛书》由全国高校古籍整理研究工作委员会主持,古委会直接联系的18个古籍整理研究所为主要承担机构,章培恒、安平秋、马樟根任主编。本文于1992年4月,在《中国典籍与文化》杂志发表时题目是《衣带渐宽终不悔——〈古代文史名著选译丛书〉编纂始末》。这次将此文作为2011年修订版附录时,去掉原正标题,以原副标题为正式题目。　[②] 至1994年4月最后定稿时,全书为135部。2011年修订版出版时,全书为134部。

这一套丛书动员 18 所院校,投入 100 余人,从 1985 年筹划,1986 年起步,到今天已度过了六七年的岁月,个中甘辛令人难以忘怀。

一、北大·苏州·北大
——酝酿与筹划

编纂这样一套丛书,起因于 1981 年 7 月。当时陈云同志派人到北京大学召开了小型座谈会。来人告诉与会人员陈云同志最近在考虑两个问题:一个是粮食,一个是古籍整理。对古籍整理,特别讲到陈云同志说:"整理古籍,为了让更多的人看得懂,仅作标点、注释、校勘、训诂还不够,要有今译,争取做到能读报纸的人多数都能看懂。有了今译,年轻人看得懂,觉得有意思,才会有兴趣去阅读。今译要经过选择,要列出一个精选的古籍今译的目录,不要贪多。"这就是后来收入《陈云文选》的那段话。1981 年 9 月,中共中央关于整理我国古籍的文件中一字不差地强调了这段话。1983 年,教育部成立了全国高校古籍整理研究工作委员会(简称古委会)。古委会主任周林同志根据中央和陈云同志意见,提出了组织力量今译古籍。但在当时,经过"文革"后的古籍整理工作百废待兴,加之一些学者对今译重要性的认识远非今日之深,这一工作一拖便是两年。

1985年5月,全国高校古委会在苏州召开了一届二次会议。周林同志在会上作了"人才培养和古代文化遗产普及问题"的专题发言,他分析了"解放三十多年来,由于'左'的路线干扰,特别是'文化大革命',几乎使我们的民族文化到了中断的边缘,出现了对古代文化知之不多,或知之甚少的状况",要教育界的同志"做好普及古代文化知识的工作",搞好古籍的今注今译就是其中的一项重要任务,"高校古委会要在这方面多下功夫","高校古籍研究所无疑应担负起这个任务"。他针对当时一些人轻视古籍的今注今译思想,呼吁"我们对于选本、今译等有利于教育普及的东西,应承认它的学术价值","《昭明文选》、《唐诗三百首》、《古文观止》等是地道的选本,流传几百年,发生那么大的影响,能说没有水平?""专家们深入浅出的在对古文献研究基础上的译注,对普及古代优秀文化作出重大贡献,算不算高水平的成果呢?""古文既要译得恰当、准确,又要通畅易懂,难度是很大的","为了社会主义精神文明建设,古籍整理这方面也要作出应有的贡献"。一石激浪,沉寂了几年的今译古籍的话题又重新活跃起来。会上作了一番认真讨论。

经过这样的酝酿,1985年7月,全国高校古委会科研项目评审组的专家们聚集在北京大学勺园,筹划编纂一套古籍今译的精选本。初步定名为《古籍今译丛书》,议定了收书范围、内容,开列了65种书的选目。并决定由科研项目专家评审组召集人、复旦大学古籍所所长章培恒教授和参加过陈云同志在北大召开座谈会、当时古委会主管科研工作的副秘书长安平秋同志共同负责,与秘书处同志一起具体筹划。经几个月的筹备,决定由古委会直接联系的18个高校古籍研究所承担这一工作,组成编委会,并开列出89种书的选目,对选译的进度、规划亦作了设计。此时,几家出版社闻讯而至,表示愿意出版这套丛书。最早与我们联系的巴蜀书社的段文桂社长以其强烈的事业心和对古籍今译的高度重视感动了我们,于是决定邀请巴蜀书社编辑参加第一次编委会议。

二、从柳浪闻莺到桂子山上

——第一批书稿的产生

第一次编委会于1986年5月在杭州柳莺宾馆

召开。宾馆因位于西湖十景之一的柳浪闻莺而得名。全国高校18个研究所的24名学者和有关人员聚集在这风景胜地,无心观柳,亦无从闻莺,紧张地工作了三天。会上确定了这套普及读物的读者对象是具有中等以上文化程度的广大群众,收书范围是中国历代文史名著,在名著之中选精。所选书目,在原拟89种基础上,调整为116种,以形成系统性。书中选篇之下分提示、原文、今译、注释四部分,以译文为主,书前有一前言,书中加入必要的插图。每一种书约10—15万字。书名确定为《古代文史名著选译丛书》。即由到会的24位学者组成丛书编委会①,由章培恒、马樟根、安平秋三人任主编。于是,编委会立即分成三个工作小组,在会上分头拟出丛书《凡例》、《编写、审稿要求》和《文稿书写格式》,经讨论修改而形成了正式文字以供遵循。在

---

① 编委会成员按姓氏笔划排列为:
马樟根　平慧善　安平秋　刘烈茂　许嘉璐　李国祥
金开诚　周勋初　宗福邦　段文桂　董治安　倪其心
黄永年　章培恒　曾枣庄(以上为常务编委)
王达津　吕绍纲　刘仁清　刘乾先　李运益　杨金鼎
曹亦冰　常绍温　裴汝诚(以上为编委)

自报的前提下，会上确定了由18个研究所承担前40部书的今译任务，要求当年年底完成。古委会主任、丛书顾问周林同志对编委会的认真精神、紧张工作和显著效率十分赞赏，他说："有这样一个编委会，有这样一个阵容来做选译，使中国历史文化不成为专属于少数人的知识，使能看报纸的人都读懂自己民族的名著，从而树立爱国主义、建设有民族特色的精神文明，其意义之深远将会在今后愈益显露出来。"于是，有1000余万字的大工程便从这里开始了。

当年年底各研究所的今译书稿经作者完成后，由在该所的编委审改，到1987年5月和7月，先后在复旦大学、北京大学两次召开编委审稿会。这种审稿会，说是审稿，实际上是边审边改，字斟句酌，每部书稿必须经一位编委、一位常务编委审改把关，经过这样两道工序，汇总到主编手中，40部书稿通过了25部。其中部分书稿赶印了样稿征求意见。于是周林同志于7月6日在北大临湖轩邀请了在京十几位专家与正在审稿的编委一起研究样稿，探讨如何提高这套今译丛书的质量。

根据编委审稿发现的问题和在京专家们的意

见,丛书亟需在已定体例的框架中条列细则;而出版单位巴蜀书社又希望所出版的第一批书为50种以便形成格局,需要布置各研究所承担新的今译任务。这样,1987年10月在华中师范大学再次召开了编委会,又请了詹锳、周振甫、刘乃和、郭预衡等先生到会指导。

这次编委会是在审看了40部书稿后,发现了一大批问题亟待解决,又是在需要布置下一步任务的状况下召开的,是一次承上启下的编委会。会议初期人们的心情和会上的气氛都带有一股子严峻与急切。会议从5日到8日开了三天半。但是在4日晚上开预备会的时候,主编章培恒先生尚未到会,亦无他是否已从上海出发的信息。5日上午就要开会了,主编不到怎么行呢？5日一早,我们还在沉睡之中,忽听有人敲门,进来的竟是章培恒！一向风神儒雅、衣装考究的章培恒先生,此时却是一身尘灰、满脸疲惫地站在我们面前。原来他从上海出发前,未能买到机票或船票,而上海到武汉又没有直达火车,只好先从上海坐火车到长沙,为了不误5日上午开会,他只好买了一张无座票,夜间从长沙出发一直站到武昌。一向走路辨不清方向的章培恒竟然在夜色未退之前一人从车站摸到了华中师大专家楼,也算是奇迹。

　　这次编委会,从体例的具体要求、书中选篇是否合适、每篇中的提示如何写、注释的繁简和语言的通俗性,到今译的信达雅如何把握,例如李白的"床前明月光,疑是地上霜,举头望明月,低头思故乡"这样通俗的诗是否要翻译,在在都有热烈的争论。感谢编委们的努力和学术判断力,最后终于形成了一个《细则》,一切争论都统一在这个《细则》之上。编委们在思想明确、分得新的任务之后,显出了少有的轻松与喜悦。会议结束正逢中秋节,华中师大的专家楼坐落在武昌桂子山上。入夜,桂子山上举行了赏月茶会,几张方桌,围坐着全体编委和特邀到会专家。天上明月如盘,清辉洒地,眼前桂树葱茏,桂花飘香,华中师大古籍研究所的青年们活跃席间,引得王达津先生即席赋诗,刘乃和先生清唱京戏。这气氛预示着《古代文史名著选译丛书》克服了当前的困难,第一批50种书稿有如母腹中的胎儿,快要降生了。

三、华清池畔的愁云与人民大会堂的欢欣
　　　　——第一批书出版的柳暗花明

　　1988年10月,编委们再一次聚会,审定第一批

50种中的最后十几部书稿、修改第二批50种中的大量书稿。这次审稿是在"东枕华山、西拒咸阳"的骊山脚下、华清池滨的一家招待所。这里古朴而不豪华,食宿低廉却又实惠,审稿之余,左近有风景可观,有古迹可寻,房内有43℃的温汤沐浴,编委们平日在校教学、科研工作劳累而生活清苦,如今有这样的环境与条件,感到少有的惬意。我们作为主编觉得这也是对编委们两年来辛勤编书的一点补偿。但这种适意之感很快就被两件事所驱散。一件事是书稿的质量。几十部书稿交来,一经审看,从注译到体例完全合格的只有寥寥可数的三四部,余下的,或需小改,或需大改,或根本不合格需退回重作。另一件事是出版发行成了问题。到会的巴蜀书社副社长黄葵同志向大家通报了即将印出的16本书征订情况,最多的为2000册,且只有一种,其他的只有800册、600册,甚至还有200余册。征订不佳,销路不畅,出书要赔钱,出版社为难,编委们又无计可施。此时哪还有心思去观赏"骊山云树郁苍苍,历尽周秦与汉唐"?也无心绪登上骊山,在烽火台前怀古。且正值"楼台八月凉"的节令,只有华清池畔秋雨飘零,秋风瑟瑟,落叶满地,不禁愁从中来。

愁则愁,还得面对现实。书稿质量不高,靠到会近20位编委十余天的逐字逐句修改,终于改定合格17部。至于出版发行问题,巴蜀书社的朋友费心经营,重新设计了封面,改进装帧,将第一批50种装成一个大礼品盒,成盒出售。从中又得到了国家新闻出版署、四川省出版局、国家教委有关司局和各省市教委的大力支持与帮助,发行面得以扩大,到了1990年下半年,首印的17000套书销售已尽,而问讯、索购者不绝,出版社决定再印30000套以供读者需要。中央领导了解到这套丛书受到读者欢迎,欣然为丛书题辞,江泽民总书记的题辞是"做好我国古代文史名著的传播普及工作,使其古为今用,以发扬爱国主义精神",李鹏总理的题辞是"弘扬民族优秀文化,激励爱国主义精神"。李瑞环同志也为丛书题了辞。

1990年8月22日在北京人民大会堂召开了《古代文史名著选译丛书》出版座谈会。国家领导人李铁映、胡乔木、李德生、陈丕显、廖汉生、王汉斌、王光英出席,古委会主任周林同志主持会议,到会各阶层代表在发言中从不同角度肯定了这套书对促进青少年了解历史、了解国情、了解中华民族优秀传统文化、进行爱国主义教育的作用。时值盛夏，却逢喜雨，洗却了编委和出版社同志心中的忧虑，参加大会堂座谈会的13名常务编委会后又聚集在北京大学讨论深入认识编纂这套丛书的重大意义，研究审改好第二批书稿的具体措施。

四、从舜耕山庄耕作到乐山脚下
——第二批书稿审定之艰辛

第二批书稿50种50册，是1987年10月布置的。1988年10月在西安审改合格的17部书稿都已放入第一批中以替换原已通过的第一批中质量较差的书稿。这样，第二批书稿当时余下的已完成的有20余部，却都不合格，只能要求译注者和编委再行修改。一年之后，编委会汇总来重新改好和新译注交来的第二批书稿44部，1989年10月于济南千佛山下的舜耕山庄召开了常务编委审稿会。

这次审稿，发现的问题较多。有的选目不当，如有的史书重要人物的传不选却选入无关紧要而又无学习价值的人物传，有的名家的文章名篇不选却选入既无文学价值又无借鉴意义的篇章。有的选译所依据的底本不当，舍弃现有的精校本却用校勘不善的本子。有的虽有根据地改动正文却只在注释中说"原作……据别本改",而不指明据何本改。有的注释过繁,不利于一般读者阅读;有的注释极简,该注释的地方不注,使广大读者看了译文仍无法理解全文的精妙;而更多的是注释不准确,对一字一词增字为训而歪曲了原意的毛病也较普遍。译文问题更多,有的语义不清,佶屈聱牙,把"三顾频烦天下计,两朝开济老臣心"译为"三顾茅庐频烦为天下大计,两朝事业开济尽老臣忠心",有的为追求通俗生动把"君何往"中的"君"译为"老兄"。每篇的提示,有的写得很长变成了文章赏析,有的虽短却不中肯綮,用了类似"文革"期间的语言扣几顶大帽子了事。看这样的稿子都觉头痛,改这样的稿子更感艰难。审稿历时12天,参加审稿、当时63岁的黄永年先生向我们诉苦:"头发掉了一把!"有的编委说,千佛山古称历山,传说舜在这里开垦耕耘,十分艰辛,我们住在舜耕山庄,预示着我们为这套丛书垦荒笔耕,也要历尽千辛。这次审稿,经过审改之后,有10部书稿合格,有11部需会后再作小的修改方能通过,余下的均需作大的改动或另请人译注。

这次审稿还研究了所选戏曲部分的曲辞如何今译问题,如规定了念白中出现的诗句只注不译,上、下场诗只注不译,注而不译的文字在译文中应予保留以便参读。

到1990年12月,丛书常务编委在广州研究丛书如何体现批判继承精神、如何提高第二批书稿质量时,又有18部书稿完成交来。为了保证书稿质量,使1991年上半年召开的常务编委审稿会得以顺利进行,我们三个主编从广州匆匆赶到北京,用了一周时间审看了这18部书稿,通过了7部,11部退改。当我们看完最后一部书稿碰头研究时,已是12月31日。在1990年一年内,我们仅仅通过了这7部书稿。加上1989年在舜耕山庄通过的10部,也仅有17部,尚差33部方足第二批的50部。

1991年5月,常务编委来到古称嘉州的乐山市,在乐山山腰的八仙洞宾馆继续审改第二批书稿。改稿时间只有十天,要力争将50部推出,其繁重可知。我们在改稿过程中,不禁想到明万历年间嘉州知州袁子让的诗句"登临始觉浮生苦",想到这套丛书从起步到这次审改已历时5年,当初怎么也没有想到完成这套丛书会是如此的艰辛,真是登临始觉笔耕苦啊!

这次乐山审稿,通过了13部书稿。好在余下的20部书稿只须小改即可在会后交稿,终于在1991年8月将这20部书稿全部改定交巴蜀书社。第二批50部历时近四年终于定稿了。

五、在金陵古都作光辉的一结
——第三批书稿的完成

1990年12月据出版社的要求,这套丛书出齐当为150种,到乐山会上又修正为110种至125种,最后数字的确定根据最后一次审稿结果而定,合格的即入选,不合格的不再修改选入。根据这一共识,今年4月中旬,我们一部分常务编委聚集到六朝古都南京,从已经交来的35部书稿中选择经小改合格的书稿。经过十一天的劳作,选择、改定33部,由到会的常务编委、巴蜀书社的段文桂总编和编委、巴蜀书社的刘仁清副编审带回成都,将经由他们的继续辛苦而使《古代文史名著选译丛书》以133部、1500万字之数呈献给热爱中华文化的读者。

这套丛书从1986年5月起步,历时整整六年,平日繁细工作不计,仅编委大小审稿会就开了12次之多。丛书的发起人、顾问、古委会主任周林同志先后参加了8次审稿会，每次都自始至终和大家在一起，听取审稿情况，了解遇到的问题；当我们遇到困难的时候他为我们鼓劲，当我们感到欣喜的时候他提醒我们不可大意。这次他又和我们一起来到虎踞龙蟠的石头城下，为我们督阵，看我们能否为这套丛书作出光辉的一结。

此时此刻，我们与这次会议的东道主、丛书常务编委、南京大学的周勋初先生漫步在中山陵旁，想到今译丛书已基本完成，自然感到如释重负，但理智却使我们不敢轻松，我们期待着全书133部出齐之后专家、读者的评头品足。

1992年4月26日

（原载《中国典籍与文化》1992年第1期）

古代文史名著选译丛书(修订版)总目

丛书主编:章培恒　安平秋　马樟根

书　　名	译注者		审阅者		定价/元
老子注译	张玉春	金国泰	安平秋		16.00
庄子选译	马美信		章培恒		18.00
荀子选译	雪　克	王云路	董治安	许嘉璐	19.00
申鉴中论选译	张　涛	傅根清	董治安		18.00
颜氏家训选译	黄永年		许嘉璐		15.00
论语注译	孙钦善		宗福邦		28.00
孟子选译	刘聿鑫	刘晓东	黄　葵		20.00
墨子选译	刘继华		董治安		14.00
韩非子选译	刘乾先	张在义	黄　葵		19.00
新序说苑选译	曹亦冰		倪其心		25.00
论衡选译	黄中业	陈恩林	许嘉璐		22.00
管子选译	缪文远	缪　伟	董治安		18.00
列子选译	王丽萍		周勋初	倪其心	19.00
韩诗外传选译	杜泽逊	庄大钧	董治安		24.00
盐铁论选译	孙香兰	刘光胜	黄永年		13.00
诗经选译	程俊英	蒋见元	刘仁清		19.00
楚辞选译	徐建华	金舒年	金开诚		15.00
贾谊文选译	徐　超	王洲明	安平秋		17.00
司马相如文选译	费振刚	仇仲谦	安平秋		11.00
文心雕龙选译	周振甫		黄永年		17.00
庾信诗文选译	许逸民		安平秋		18.00

书　名	译注者		审阅者		定价/元
嵇康诗文选译	武秀成		倪其心		18.00
谢灵运鲍照诗选译	刘心明		周勋初		18.00
陈子昂诗文选译	王　岚		周勋初	倪其心	14.00
李白诗选译	詹　锳	等	章培恒		22.00
高适岑参诗选译	谢楚发		黄永年		23.00
元稹白居易诗选译	吴大逵	马秀娟	宗福邦		21.00
柳宗元诗文选译	王松龄	杨立扬	周勋初		18.00
李贺诗选译	冯浩菲	徐传武	刘仁清		20.00
杜牧诗文选译	吴　鸥		黄永年		14.00
李商隐诗选译	陈永正		倪其心		19.00
唐五代词选译	亦　冬		董治安		16.00
唐文粹选译	张宏生		周勋初		18.00
晚唐小品文选译	顾歆艺		平慧善		15.00
黄庭坚诗文选译	朱安群	等	倪其心		18.00
辛弃疾词选译	杨　忠		刘烈茂		24.00
元好问诗选译	郑力民		宗福邦		20.00
宋四家词选译	王晓波		倪其心		16.00
黄宗羲诗文选译	平慧善	卢敦基	马樟根		15.00
吴伟业诗选译	黄永年	马雪芹	安平秋		20.00
方苞姚鼐文选译	杨荣祥		安平秋		20.00
明代散文选译	田南池		马樟根		22.00
顾炎武诗文选译	李永祜	郭成韬	刘烈茂		23.00
张衡诗文选译	张在义 韩格平	张玉春	刘仁清		16.00
汉诗选译	张永鑫	刘桂秋	金开诚		19.00

书　名	译注者		审阅者		定价/元
阮籍诗文选译	倪其心		刘仁清		15.00
三曹诗选译	殷义祥		刘仁清		22.00
诸葛亮文选译	袁钟仁		董治安		16.00
陶渊明诗文选译	谢先俊	王勋敏	平慧善		16.00
杜甫诗选译	倪其心	吴　鸥	黄永年		17.00
王维诗选译	邓安生	等	倪其心		20.00
刘禹锡诗文选译	梁守中		倪其心		20.00
孟浩然诗选译	邓安生	孙佩君	马樟根		18.00
韩愈诗文选译	黄永年		李国祥		20.00
欧阳修诗文选译	林冠群	周济夫	曾枣庄		20.00
曾巩诗文选译	祝尚书		曾枣庄		19.00
苏轼诗文选译	曾枣庄	曾　弢	章培恒		23.00
李清照诗文词选译	平慧善		马樟根		15.00
陆游诗词选译	张永鑫	刘桂秋	黄　葵		24.00
朱熹诗文选译	黄　珅		曾枣庄		20.00
文天祥诗文选译	邓碧清		曾枣庄		20.00
袁枚诗文选译	李灵年	李泽平	倪其心		20.00
王安石诗文选译	马秀娟		刘烈茂	宗福邦	18.00
二程文选译	郭　齐		曾枣庄		25.00
范成大杨万里诗词选译	朱德才	杨　燕	董治安		26.00
萨都剌诗词选译	龙德寿		曾枣庄		28.00
王阳明诗文选译	吴　格		章培恒		18.00
徐渭诗文选译	傅　杰		许嘉璐	刘仁清	17.00
李贽文选译	陈蔚松	顾志华	李国祥	曾枣庄	17.00

书　名	译注者		审阅者	定价/元
三袁诗文选译	任巧珍		董治安	17.00
王士禛诗选译	王小舒	陈广澧	黄永年	13.00
龚自珍诗文选译	朱邦蔚	关道雄	周勋初	13.00
尚书选译	李国祥 谢贵安	刘韶军 庞子朝	宗福邦	14.00
礼记选译	朱正义	林开甲	宗福邦	22.00
左传选译	陈世铙		董治安	22.00
国语选译	高振铎	刘乾先	黄　葵	22.00
战国策选译	任　重	霍旭东	李国祥	21.00
吕氏春秋选译	刘文忠		董治安	17.00
吴越春秋选译	郁　默		倪其心	19.00
史记选译	李国祥 张三夕	李长弓	安平秋	29.00
汉书选译	张世俊	任巧珍	李国祥	22.00
后汉书选译	李国祥 彭益林	杨　昶	许嘉璐	24.00
三国志选译	刘　琳		黄　葵	18.00
晋书选译	杜宝元		许嘉璐	15.00
宋书选译	漆泽邦	孔　毅	李国祥	19.00
南齐书选译	徐克谦		周勋初	18.00
北齐书选译	黄永年		安平秋	16.00
梁书选译	于　白		周勋初	17.00
陈书选译	赵　益		周勋初	17.00
南史选译	漆泽邦		安平秋	22.00
北史选译	刁忠民		段文桂	20.00

书 名	译注者		审阅者		定价/元
周书选译	黄永年		安平秋		15.00
魏书选译	杨世文	郑 晔	周勋初		22.00
隋书选译	武秀成	赵 益	周勋初		20.00
新唐书选译	雷巧玲	李成甲	黄永年		16.00
旧唐书选译	黄永年		章培恒		16.00
新五代史选译	李国祥 姚伟钧	王玉德	周勋初		18.00
旧五代史选译	贾二强		黄永年		17.00
宋史选译	淮 沛	汤 墨	曾枣庄		20.00
辽史选译	郭 齐	吴洪泽	曾枣庄		21.00
金史选译	杨世文 李文泽	祝尚书 王晓波	曾枣庄		21.00
元史选译	樊善国	徐 梓	马樟根		25.00
明史选译	杨 昶		李国祥		20.00
清史稿选译	黄 毅		章培恒		22.00
贞观政要选译	裴汝诚	王义耀	黄永年		18.00
史通选译	侯昌吉	钱安琪	周勋初		16.00
资治通鉴选译	李 庆		黄永年		16.00
续资治通鉴选译	徐光烈		安平秋		24.00
通鉴纪事本末选译	谈蓓芳		章培恒		21.00
洛阳伽蓝记选译	韩结根		章培恒		22.00
梦溪笔谈选译	李文泽		曾枣庄		20.00
徐霞客游记选译	周晓薇	等	黄永年	马樟根	17.00
宋代笔记小说选译	朱瑞熙	程君健	金开诚等		19.00
关汉卿杂剧选译	黄仕忠		刘烈茂		24.00

书名	译注者		审阅者		定价/元
明代文言短篇小说选译	黄 敏		章培恒		23.00
六朝志怪小说选译	肖海波	罗少卿	刘仁清		21.00
世说新语选译	柳士镇	钱南秀	周勋初		23.00
水经注选译	赵望秦 张艳云	段塔丽	许嘉璐		19.00
唐人传奇选译	周 晨		曾枣庄		24.00
唐五代笔记小说选译	严 杰		周勋初		21.00
大慈恩寺三藏法师传选译	贾二强		黄永年		18.00
宋代传奇选译	姚 松		周勋初		22.00
聊斋志异选译	刘烈茂 欧阳世昌		章培恒		22.00
阅微草堂笔记选译	黄国声		安平秋		16.00
清代文言小说选译	王火青		周勋初		23.00
历代名画记图画见闻志选译	周晓薇	赵望秦	黄永年		17.00
容斋随笔选译	罗积勇		宗福邦		20.00
唐才子传选译	张 萍	陆三强	黄永年		24.00
西厢记选译	王立言		董治安		20.00
元代散曲选译	彭久安		刘烈茂	金开诚	21.00
日知录选译	张艳云	段塔丽	黄永年		22.00
桃花扇选译	张文澍		章培恒	段文桂	15.00
牡丹亭选译	卓连营		章培恒		14.00
长生殿选译	戚海燕		董治安		20.00